Viktorija Tokarjewa

Liebesterror

und andere Erzählungen

Aus dem Russischen von Angelika Schneider

Diogenes

Originaltitel:
›Terror ljubovju‹, ›Salto-mortale‹,
›Iz našego okna‹, ›Za rekoj, za lesom‹
Die deutsche Erstausgabe
erschien 2008 im Diogenes Verlag
Umschlagillustration: Willy Jaeckel,
›Die rote Tänzerin‹, 1928–31 (Ausschnitt)

Veröffentlicht als Diogenes Taschenbuch, 2010

www.diogenes.ch
30/10/8/1
ISBN 978 3 257 23946 1

Diogenes Taschenbuch 23946

detebe

Inhalt

Liebesterror

Wir treiben uns im Hof herum und spielen Ball. Meine Schwester Lenka – erdverbunden und robust wie ein Hocker, im goldgelben Sarafan-Kleid, mit goldgelben Haaren. Sie läuft schnell, windet sich geschickt heraus, schlägt treffsicher zu. Ein äußerst wertvolles Mitglied unserer Mannschaft.

Ich selbst habe blauschwarze Haare, schmale Augen, sehe aus wie eine kleine Chinesin. Ich kann jeden x-beliebigen Feind besiegen, aber nur unter einer Bedingung: Alle müssen es sehen. Ich brauche den Ruhm. Ein Sieg nur für mich allein – das interessiert mich nicht. Die Sucht nach Ruhm ist in meinem inneren Computer schon einprogrammiert.

Die Dritte im Bunde ist Nonna, die Tochter von Tante Tossja. Wir wohnen alle in derselben Gemeinschaftswohnung, spielen auf demselben Hof. Nonna unterscheidet sich von allen anderen Kindern: In ihre Zöpfchen sind kleine Glasperlen eingeflochten, sie trägt ein kompliziert geschnittenes Kleidchen mit Spitzenbesätzen. Wie ein Souvenir-Püppchen sieht sie aus, wunderhübsch und zierlich-elegant, und außerdem hat sie viel Phantasie. Nonna versteht es, die Bewegungen des Gegners vorauszuahnen. Sie hat die unabdingbaren Voraussetzungen für den Sieg.

Wir rennen herum, ins Spiel vertieft. Meine Mannschaft

ist schon am Siegen, es fehlt nur noch eine winzige Kleinigkeit, und dann …

In den Fenstern erscheinen fast gleichzeitig die Gesichter unserer Mütter.

»Nonna! Mittagessen!« ruft Tante Tossja.

»Mädchen, heimkommen!« ruft unsere Mutter.

Tante Tossjas Gesicht ist bleich und langgezogen wie eine Gurke. Das Gesicht unserer Mutter ist rot und rund wie eine Tomate. Alle beide sind sie um die dreißig, schön und männerlos.

Unser Vater ist im Krieg gefallen, und Nonnas starb nach dem Krieg an einer schweren Verletzung. *Nicht am Alter werden wir sterben, sondern an unseren alten Wunden …* Diese Zeilen von Semjon Gudzenko habe ich erst viel später gelesen. Aber damals … Damals lautete der immer wiederkehrende Standardsatz meiner Mutter: »Ich bin Witwe mit zwei kleinen Kindern.« Und das war sie ja auch.

Aber jetzt wollen wir nicht heim. Wir sind mitten im Spiel. Doch mit unserer Mutter ist schlecht Kirschen essen. Sie schlägt uns mit der flachen Hand. Diese Hand ist meist wie ein Brett.

Mit hängenden Köpfen trotten wir nach Hause und setzen uns an den Tisch.

Mama hat uns Kartoffelpüree gemacht, mit Frikadellen. Vor fast einem halben Jahrhundert gegessen, erinnere ich mich noch immer ganz genau an diese goldbraune knusprige, fettglänzende Frikadelle mit dem Geruch von frisch gemahlenem Pfeffer. Wie oft in meinem späteren Leben habe ich versucht, diese Frikadellen so hinzubekommen wie meine Mutter, doch vergebens. Genau wie alle möglichen Maler immer wieder vergeblich versucht haben, die Sixtinische Madonna zu kopieren.

Ich glaube, daß meine Mutter eine Frau mit Talent war. Denn Talent kann sich in allen möglichen Dingen ausdrücken, sogar in der Art, Frikadellen zuzubereiten.

Meine Mutter arbeitete für ein Schneideratelier als Stikkerin und bestickte die Taschen von Kinderkleidern. Das hatte ihr niemand beigebracht. Diese Begabung sprudelte einfach so hervor. Meine Mutter nahm die Arbeit mit nach Hause, und an einem Tag bestickte sie drei Taschen. Eine kleine Erdbeere mit Blättchen, einen weißen Pilz mit dikkem Stamm und ›das Mosaik‹. ›Das Mosaik‹ waren bunte Dreiecke und Quadrate, ganz willkürlich zusammengefügt. Wenn man sie lange ansah, kam es einem vor, als ob sie sich bewegten und sich schließlich drehten wie ein Kaleidoskop.

Jede Tasche bedeutete einen Entwurf und seine Ausführung. Ein schöpferischer Prozeß. Der Lohn für dieses Schaffen war nicht hoch. Für jede Tasche zahlte man meiner Mutter einen Rubel. Und immer wenn meine Mutter etwas in einem Geschäft kaufte, so rechnete sie den Preis in Gedanken in bestickte Taschen um. Ein Kilo Wurst beispielsweise – zwei Taschen. Fast einen ganzen Tag Arbeit.

Eines Tages, meine Schwester und ich waren schon junge Mädchen von fünfzehn und achtzehn, kamen wir vom Theater heim. Wir hatten ein Taxi genommen, und meine Mutter sah uns aussteigen. Diese Taxifahrt bedeutete zwei Tage Arbeit, neunzehn Stunden ununterbrochener Arbeit. Meine Mutter konnte eine solche Geldverschwendung nicht ausstehen, konnte aber nichts mehr machen, da wir schon am Aussteigen waren. Wir hatten kaum gezahlt, da öffnete sie das Fenster sperrangelweit und schrie wie in einem italienischen Film quer über den Hof: »Da schaut sie euch an! Die Millionärinnen sind da!«

Natürlich starrten uns alle an, und meine Schwester und ich standen auf dem Hof und kamen uns vor wie in der heißen Bratpfanne.

Und außerdem wußten wir, daß wir jetzt eins auf den Kopf oder auf den Mund kriegen würden, was ganz besonders wehtat, weil ihre Hand, wie gesagt, wie ein Brett war.

Aber das war später. Damals waren wir noch kleine Mädchen von sechs und acht Jahren im Leningrad der Nachkriegsjahre. Wir aßen unsere Frikadellen auf, und unsere Gedanken waren noch auf dem Hof: Ein Schlag mit dem Schlagholz, der Ball fliegt, Lenka rennt, Nonna in Habachtstellung...

Manchmal spielten wir auf Nonnas Initiative hin Theater.

Wir wählten ein Stück aus, lernten die Rollen auswendig und gaben eine Vorstellung. Ein Wandschirm diente uns als Kulisse. Was hinter dem Schirm war, war die Garderobe, was davor war, war die Bühne.

Unsere Mütter und die Nachbarn setzten sich auf die Stühle, schauten uns wohlwollend zu und applaudierten.

Die Eintrittskarten mußten übrigens bezahlt werden, zwanzig Kopeken das Stück. Ich weiß noch, wie ich die Bühne betrat, meinen Text sprach und mich in den Strahlen des Ruhmes sonnte. Der Ruhm war nicht sehr groß – das Publikum bestand aus sieben schlecht angezogenen

Leuten –, aber die Ruhmesstrahlen waren doch echt. Ich erinnere mich genau an diesen Zustand: Da stand ich vor allen und ganz zuvorderst, alle schauten auf mich und lasen mir jedes Wort von den Lippen ab. Ich war die Erste!

Woher kam nur dieser Wunsch, sich hervorzutun? Wahrscheinlich hatte es etwas mit der Überwindung der Todesangst zu tun, mit dem Selbsterhaltungstrieb: Um jeden Preis die Beste zu sein und dadurch zu überleben. ›Nein! Ganz sterbe ich nicht…‹ Anders ist es doch kaum zu erklären, daß alle die Besten sein wollen. Als ob das im Endeffekt nicht völlig gleichgültig wäre…

Das Stück war in vollem Gange. Unsere Mütter verdrückten eine Träne. Ihre Mädchen taten ihnen leid, diese Halbwaisen, die ohne Väter aufwuchsen. Und sie taten sich selbst leid, sie, die den Launen des Schicksals ganz allein ausgeliefert waren. Ihre Männer waren wer weiß wo, denen war es egal. Aber die Mütter rackerten und plackten sich ab, mußten einen Tag nach dem anderen überstehen.

Unsere Ernährung war nicht gerade abwechslungsreich, aber wir mußten nicht hungern. Wir wuchsen ohne Väter auf, aber wir fühlten uns nicht als Halbwaisen. Unsere Mütter hatten keine Ahnung von Pädagogik, aber sie liebten uns von ganzem Herzen. Und wir liebten sie. Ob wir Kinder glücklich waren – ich weiß es nicht. Aber unglücklich waren wir ganz sicher nicht.

Doch unsere Mütter…

Mein Vater war irgendwo weit weg gefallen. Es hieß: ›Er ist den Heldentod gestorben.‹ Ob das ein besonderer, ein angenehmer Tod war…

Der Bruder meines Vaters, unser Onkel, schrieb meiner Mutter damals eine Karte mit der traurigen Nachricht: Dort sah man einen schwarzen Baum mit abgerissenen Zweigen und ein einsames, leeres Boot, das am Baum angelehnt ist. Darunter stand: ›Das Boot der Liebe ist zerschellt, o Leben!‹... Meine Mutter betrachtete die Karte und weinte. Der Baum mit den abgerissenen Zweigen, das war das Leben meines Vaters, das so früh zu Ende gegangen war. Und das einsame Boot war sie. Das Leben hatte damit gar nichts zu tun. Das Boot der Liebe ist zerschellt, o Krieg!

Meine Mutter weinte, während sie auf die Karte sah. In dem Moment kam meine Schwester Lenka herein. Sie stand ein wenig herum, dann ging sie weg, wobei sie mit ihrer fast tonlosen Stimme sang, sie brummte wohl eher einen einzigen Ton.

Meine Mutter riß sich von der Karte los und sagte vorwurfsvoll: »Unser Papa ist gestorben – und du singst auch noch...«

Nachts wachte ich dann davon auf, daß Licht brannte. Mama und Lenka umarmten sich und weinten gemeinsam.

Das war zwei Jahre vorher gewesen, in der Evakuierung. Ich erinnere mich noch genau an die hölzerne Isba, in der wir gewohnt hatten, an das Geheul der Wölfe und an das Feuer, das im Ofen prasselte.

Onkel Pavel, Tante Tossjas Mann, kehrte aus dem Krieg heim, aber nach einer schweren Verwundung. Ihm war der Körperteil abgerissen worden, über den man sich schämte zu reden, und er konnte seine ehelichen Pflichten nicht mehr erfüllen.

Tante Tossja konnte sich mit der Lage der Dinge nicht abfinden: Witwe trotz lebendigen Ehemannes.

Sie machte Onkel Pavel einen Skandal nach dem anderen, als wenn er schuld an der Sache wäre. Und schließlich holte sie sich einen anderen Mann ins Haus, und Onkel Pavel und Nonna saßen dabei in der Küche. Onkel Pavel hatte die Zeitung vor den Augen, aber er las nicht darin.

Und dann fiel Onkel Pavel um. Wir rannten in die Apotheke, holten ein Sauerstoffkissen, aber es half nichts mehr. Er starb. Still starb er. Als ob er sich geschämt hätte, Aufsehen zu erregen.

Tante Tossja erkannte zu spät, was für ein guter Mensch er gewesen war, im Gegensatz zu ihren Verehrern, von denen es genug gab.

Onkel Pavel hatte seine Tochter Nonna mehr als sein Leben geliebt, hatte sie nicht nur geliebt, sondern geradezu vergöttert. Und das hatte ihn mit Tante Tossja verbunden. Für die Verehrer aber war Nonna ein leerer Fleck, wenn nicht noch weniger, denn sie störte.

Nach Onkel Pavels Tod ging Tante Tossja als Kranführerin arbeiten. Eines Tages sollte sie ein Dokument unterschreiben. Sie ging zum Kontor der Werkschefin. Das Kontor war ganz am Ende der Werkshalle – es war nur eine Umzäunung aus Sperrholz, über der Umzäunung war eine Glasfront, damit Licht in das Büro kam.

Tante Tossja klopfte an die Tür. Es wurde ihr nicht aufgemacht, obwohl sie genau spürte, daß hinter der Tür jemand war. Es gibt verschiedene Arten von Stille. Diese war von der Art, wie wenn sich jemand versteckt, eine angespannte Stille.

Tante Tossja klopfte nochmals. Sie lauschte mit angehaltenem Atem, aber offensichtlich hielt man auch drinnen den Atem an.

Tante Tossja zerrte einen Tisch zu der Sperrholzwand, und auf den Tisch stellte sie einen Stuhl, und kletterte hinauf wie auf eine Barrikade. Ihre Augen waren nun in Höhe des Glasteils. Dahinter passierte etwas völlig Unverständliches.

Tante Tossja schaute unerschrocken hin und zählte die Anzahl der Beine. Es waren vier, je zwei an einer Person. Aber es erschien Tante Tossja, als wären es viel mehr, so verworren war das alles, und in der Mitte von all dem – war ein nackter Hintern.

›Ein Arsch‹, stellte Tante Tossja fest und rief: »Sina!«

Ihre Ablösung, Sina, kam und fragte: »Was ist denn?«

»Dort ist ein Arsch.«

»Wessen Arsch?«

»Keine Ahnung …«

Sina kletterte auf den Tisch, stellte sich auf die Zehenspitzen. Ihre Größe reichte aus, daß sie bis an die Glasfront kam.

»Das ist Kolja«, identifizierte Sina.

»Kolja ist dünn, hat Tuberkulose, und der ist wohlgenährt …«, sagte Tante Tossja zweifelnd.

Um die Holzpaneele versammelten sich langsam Menschen. Das Volk rennt ja immer da hin, wo was los ist.

Später sagte die Werkschefin zu Tante Tossja: »Was bist du doch bloß für ein Luder, Tossja.«

»Wieso?« fragte Tante Tossja nur naiv.

»Du bist doch auch jung und ohne Ehemann, könntest ruhig ein bißchen mehr Mitgefühl haben.«

»Aber wieso auf der Arbeit? Habt ihr denn keinen anderen Ort?«

»Eben nicht.«

Tante Tossja dachte nach und sagte: »Ich hab doch nur die Wahrheit gesagt...«

Tante Tossjas Wahrheit war, daß sie ein Dokument hatte unterschreiben wollen und man ihr nicht aufgemacht hatte. Sie hatte ins Büro gesehen und einen Hintern erblickt. Das war die *ganze* Wahrheit. Und so war es ja auch tatsächlich, wieso es also nicht sagen? Begriffe wie Feinfühligkeit und Mitgefühl waren für sie einfache Dinge, die mit der Wahrheit nichts zu tun hatten.

Als sie von der Arbeit nach Hause kam, erzählte Tante Tossja die erschütternde Tatsache meiner Mutter.

Das Gespräch fand in der Küche der Gemeinschaftswohnung statt. Meine Mutter kochte ihre berühmte Perlmuttsuppe, die so hieß, weil sie mild und perlmuttfarben war. Die Suppen meiner Mutter waren nicht nur schmackhaft, sie waren außerdem auch schön.

»Und wenn du an ihrer Stelle gewesen wärst?« fragte meine Mutter, wobei sie die Suppe mit einem Löffel probierte.

»Mit diesem Kolja?« fragte Tante Tossja verwundert.

»Und deinen Namen würde man jetzt überall durch den Dreck ziehen?«

»Wär mir doch völlig egal!« rief Tante Tossja und spuckte der Anschaulichkeit halber aus. »Sollen doch alle reden, was sie wollen. Wegen mir würde ich mir keine Sorgen machen. Aber wegen Nonna –«

»Gib mir mal die Zwiebel«, unterbrach sie meine Mutter.

Tante Tossja holte aus dem Küchenschränkchen eine runde, goldgelbe Zwiebel hervor.

»Aber wegen Nonna –« setzte sie den unterbrochenen Gedanken fort.

»Gib mir mal den Pfeffer«, unterbrach sie meine Mutter erneut.

Für meine Mutter war die Suppe wichtig, und für Tante Tossja zählte nur die Liebe zu ihrer Tochter. Nonna – das war ihr Heiligtum.

»Aber wegen Nonna –« versuchte Tante Tossja es noch einmal.

»Gib mir mal das Salz«, unterbrach sie meine Mutter.

Da nahm Tante Tossja das Salzfaß und leerte es über Mutters Suppe aus. Meine Mutter erstarrte. Die Kinder warteten auf ihr Mittagessen. Was jetzt?

Meine Mutter krallte sich in die Haare ihrer besten Freundin. Tante Tossja verteidigte sich, so gut sie konnte. Die Nachbarin, Sofja Moisejewna tat so, als ob nichts wäre, sie hielt auf Neutralität. Sie wußte, daß diese zwei Schicksen sich schon eine Stunde später wieder versöhnt hätten und zusammen ein Glas Wein trinken würden.

Und so geschah es auch.

In unserer Wohnung trieben Ratten ihr Unwesen. Man versuchte sie auszusiedeln, aber die Ratten waren auch nicht dümmer als die Menschen.

Eines Tages geriet eine junge Ratte trotzdem in die Rattenfalle. Ich stand da und betrachtete sie. Die Schnauze war wie bei einem Eichhörnchen geformt, aber der Schwanz... Das Eichhörnchen hat einen festlichen, buschigen Schwanz von perfekter Form. Und die Ratte hat einen, der nackt und lang ist und eher Abscheu erregt.

Die Ratte in der Falle war nervös, denn sie erwartete von den Menschen nichts Gutes.

Und damit hatte sie recht.

Meine Mutter stellte die Rattenfalle in einen Eimer und goß immer mehr Wasser in den Eimer, wollte die Ratte so ertränken.

Bis heute verstehe ich nicht, wieso meine Mutter mich nicht vorher aus der Küche geschickt hat, um mir diesen Anblick zu ersparen. Es verging ein halbes Jahrhundert, und noch immer sehe ich diese winzigen, rosigen Pfötchen der Ratte vor mir. Sie schließen sich um die Gitterstäbe der Falle, um sich so hoch wie möglich zu ziehen, wie bei einem untergehenden Schiff...

Meine Mutter lebte, wie es gerade kam, ohne jeglichen Plan.

Das Leben spülte zwei Freier an ihre Ufer, die beide Jaschka hießen. Den einen nannten wir ›Jaschka, den Dicken‹, den anderen ›Jaschka, den Ausgehungerten‹.

Der Dicke führte ein Möbelgeschäft. Meine Mutter beschloß, die Situation zu nutzen und das Mobiliar unserer Wohnung zu erneuern. Jaschka half uns, aber bald stellte sich heraus, daß er nur zu seinem eigenen Nutzen geholfen hatte. Meine Mutter war fassungslos. Sie zuckte die

Achseln. Betrügen – das war verständlich. Ein Geschäftsmann ist ein Geschäftsmann. Aber eine geliebte Frau betrügen, die schon fast seine Braut war, noch dazu, wo sie zwei Kinder hatte…

Jaschka, der Dicke schied damit aus.

Der andere Jaschka war fast krankhaft dünn. Aber sein Hauptnachteil war: Er hatte einen zehnjährigen Sohn. Ein fremder Junge, den meine Mutter nicht liebgewinnen konnte. Sie vermochte nur ihre eigenen Kinder zu lieben, und verheimlichte das auch nicht.

Der zweite Jaschka verlor sich mit der Zeit. Oder besser gesagt, meine Mutter liebte weder den einen noch den anderen. Ein echtes Gefühl empfand sie erst später. Das war bei Fjodor, dem Bruder von Tante Tossja, einem Kapitän in Kriegsuniform. Fjodor war jung, erst dreißig Jahre alt, groß, mit grünen Augen im braungebrannten Gesicht. Solche Männer waren damals in Mode. Man nannte sie ›Kriegsschätzchen‹. Eine stattliche Figur, gerader Rücken, Gallifetthosen, Epauletten auf der Jacke.

Jetzt sind ganz andere Männer in Mode, und ganz andere Accessoires gelten als Sexsymbol. Zum Beispiel ein Mercedes. Aber damals…

Die grünen Augen und die starken Arme machten meine Mutter verrückt. Ständig erklang im Hause das Grammophon, ein süßlicher Tenor säuselte: *Es tut mir so unendlich leid, um deine unerfüllten Träume…*

Abends verschwand meine Mutter regelmäßig, und meine Schwester und ich blieben allein zurück.

Eines Abends wollten wir uns schlafen legen. Da sahen wir plötzlich, wie sich unter der Bettdecke ein kleiner Hügel hin und her bewegte. Das mußte eine Ratte sein. Wie sollten wir uns ins Bett legen, wenn da eine Ratte war... Also warfen wir Bücher und Stühle aufs Bett, alles, was uns in die Hände geriet. Da bewegte sich der Hügel nicht mehr. Die Ratte wurde still. Entweder hatten wir sie betäubt oder gar umgebracht.

Da sahen wir aufs Bett und fingen leise an zu schluchzen. Wir fühlten uns schlecht durch das doppelte Böse: das Böse, das von der zudringlichen Ratte ausging, und das Böse, das wir selbst getan hatten.

Tante Tossja kam herein. Sie sah zwei unglückliche, weinende Kinder und begann uns zu trösten, zu umarmen und uns zum Lachen zu bringen. Sie brachte uns sogar Zwieback mit dicker, süßer Kondensmilch auf einem Tellerchen. Das finde ich auch heute noch ziemlich lecker. Aber damals erst... Wir vergaßen die Ratte und unsere ganze Angst.

Tante Tossja zog die Decke weg. Da kroch das arme, halb ohnmächtige Tierchen auf den Boden und verschwand plötzlich. Offensichtlich hatte die Ratte unter dem Bett im Boden ihr Nest, ihre Höhle mit ihren Kindern und einem Mann, genauso schön wie Onkel Fjodor.

Mutters Liebe hielt ein Jahr lang. Ein ganzes Jahr lang war sie fröhlich und glücklich. Und dann heiratete Fjodor. Er brachte seine junge, schon schwangere Frau zu Tante Tossja nach Hause, wollte sie allen vorstellen. Es war doch immerhin seine Verwandtschaft.

Tante Tossja deckte den Tisch und rief meine Mutter, der Himmel weiß, warum.

Alle setzten sich gemeinsam an den Tisch. Fjodor umarmte seine junge Frau vor allen Leuten und erklärte nebenbei, es sei doch besser, ein eigenes Kind zu haben als zwei fremde. Und alle stimmten zu, Tante Tossja lauter als alle anderen.

Meine Mutter saß da und ließ den Kopf hängen, als wenn sie schuldig wäre daran, daß sie zwei Kinder hatte und deshalb nicht zur Ehefrau dieses gutaussehenden Fjodor taugte.

Sie stand vom Tisch auf und ging in den Flur hinaus, auf den Treppenabsatz. Dort stand sie und weinte, die Stirn an die Wand gelehnt. Dieser miese Fjodor war ihr ans Herz gewachsen, man hatte ihn aus ihr herausgerissen, und unsichtbares Blut floß in Strömen.

Am nächsten Tag sagte meine Mutter zu Tante Tossja: »Was bist du bloß für ein Aas!«

»Ich bin doch seine Schwester«, entgegnete Tante Tossja ruhig.

Die Schwester ist immer auf der Seite des Bruders, und leibliche Neffen und Nichten sind besser als angenommene. Das war ihre Wahrheit. Und solche Kleinigkeiten wie Freundschaft und Mitgefühl waren für sie Feinheiten, die mit der Wahrheit nichts zu tun hatten.

Mit Tante Tossjas Privatleben klappte es übrigens auch nicht. Ein kurzes Glück endete mit einer geheimen Abtreibung. Abtreibung war damals verboten. Man machte sie zu Hause, im Schutz der Nacht.

Nonna verstellte sich, tat, als ob sie schliefe. Aber sie hörte alles: das metallische Klappern der Instrumente, die schweren Seufzer, das unterdrückte schmerzerfüllte Stöhnen...

Und irgendwo weit, weit weg mußte es ein ganz anderes Leben geben. Irgend jemand hatte seinen leiblichen Vater, *eine* Wohnung für *eine* Familie und Schokoladenkonfekt. Die konnten das Konfekt essen und an dem Einwickelpapier riechen. O wie gut allein diese Papierchen riechen mochten!

Im Jahre dreiundfünfzig starb Stalin. Wir wollten zu dritt nach Moskau fahren: Lenka, Nonna und ich. Wir wollten den großen Führer und Lehrer unseres Volkes auf seinem letzten Weg begleiten. Aber unsere Mutter mischte sich wie üblich ein. Wir bekamen alle eine heftige Ohrfeige. Sogar Nonna. Diese Ohrfeige entschied alles.

Wir fuhren nirgendwohin und beruhigten uns ziemlich schnell wieder. Tot ist tot. Und was jetzt, sollten wir deswegen etwa nicht leben?

Wir liefen zur Tram, fröhlich und leichtsinnig, wie Kinder eben sind. Die Menschen saßen an der Haltestelle und sahen uns schweigend und befremdet an. Eine bleischwere Stille lag in der Luft, als wenn das Leid nicht weit weg auf Stalins Datscha geschehen wäre, sondern bei jedem zu Hause. Der Tod des Führers wurde als persönliche Tragödie erlebt.

Nonna kicherte über irgendeinen Blödsinn, ich weiß sogar noch, welchen: Lenka hatte gepupst. Wir starben vor Lachen. Aber die Leute in der Tram sahen uns ohne Tadel an, eher mitleidig. Das ganze Land war mit einem Schlag ohne Führung, und wohin würden wir jetzt alle, in tiefer Nacht, treiben?

Die Zeit vergeht langsam im Kindesalter. Jeder einzelne Tag ist ein ganzes kleines Leben. Und es schien, daß wir nie erwachsen werden würden und unsere Mütter niemals älter würden. Alles würde immer so sein wie jetzt.

Ich lernte ohne sonderliches Vergnügen, aber ich erfüllte trotzdem alle schulischen Anforderungen. Was sein mußte, mußte eben sein. Ich konnte mir nicht vorstellen, wie man zur Schule kommen konnte, ohne seine Hausaufgaben gemacht zu haben.

Meine Schwester Lenka dagegen tat nur das, was ihr gefiel. Sie setzte sich zum Lernen hin, legte das Lehrbuch auf den Tisch – und unter dem Tisch legte sie sich ein Buch auf den Schoß, das sie interessierte. Sie konnte so dasitzen, ganz unbeweglich, drei, vier Stunden lang. Meine Mutter dachte, daß Lenka am Granit der Wissenschaft knabberte, aber in Wirklichkeit las sie *Schwester Kerri*. Das Ergebnis war eine Fünf im Vierteljahreszeugnis. Meine Mutter rannte in die Schule, und die Fünf wurde in eine Vier verwandelt. Man dachte, daß es bei Lenka noch nicht ›richtig gezündet hatte‹. Aber Lenka war nicht dümmer als andere. Sie hatte nur gelernt, ihre Probleme auf fremde Schultern abzuwälzen. Und das gelang ihr gut. Die Mutter rannte herum, die Lehrerin wedelte mit den Armen, allgemeiner Aufruhr. Und Lenka stand dabei mit verträumtem Gesichtsausdruck und wußte genau: Alles wird gutgehen. Man würde ihr gerade noch eine Vier verpassen und sie in die nächste Klasse versetzen, und ihr irgendwann das Abschlußzeugnis geben. Wofür sollte sie sich groß krummlegen, sich Zeug eintrichtern, das man nie wieder brauchen würde, in der Art von ›A-Quadrat plus B-Quadrat gleich C-Quadrat‹…

Nonna dagegen lernte glänzend. Tante Tossja triumphierte im geheimen. Manchmal murmelte sie still vor sich hin: ›Aus einer Kartoffel wächst eben keine Ananas‹... das sollte wohl bedeuten, daß meine Mutter die Kartoffel war – und Tante Tossja die Ananas.

Die Rivalität zwischen meiner Mutter und Tante Tossja war verdeckt aber beständig da, wie ein latentes Fieber.

Es ging uns langsam besser, weil unsere Mutter sich noch mehr abrackerte. Sie arbeitete im Schneideratelier und nahm sich Arbeit nach Hause mit, dazu hatte sie noch private Aufträge. Wenn ich mich an sie erinnere, so sehe ich sie vor mir am Fenster sitzend, den Kopf gesenkt, mit deutlich sichtbarem ›Bärenhügel‹. Ihre Hand folgte der Nadel, oder besser gesagt, die Nadel folgte ihrer Hand.

Eines Morgens wachte ich um sechs Uhr auf, da saß meine Mutter schon am Fenster, und ihre Hand fuhr hin und her wie ein Weberschiffchen. So lebte sie ohne den Rücken aufzurichten, ohne den Kopf zu heben, Tag für Tag, Monat für Monat, Jahr für Jahr...

Tante Tossja dagegen ging jeden Tag zu ihrer schlecht bezahlten Arbeit, dann kehrte sie nach Hause zurück und hatte frei. Sie bemühte sich nicht um eine andere Arbeitsstelle und auch nicht um ein Zubrot. Tante Tossja verfluchte dieses Leben, aber sie kämpfte nicht um ein anderes. Wie es kam, so kam es eben.

Und das Ergebnis blieb nicht aus. Wir waren satt, waren besser angezogen. Manchmal tätigte meine Mutter sogar Luxuseinkäufe: einen Fernseher zum Beispiel. Das juckte Tante Tossja. Sie tratschte über meine Mutter, nannte sie Kulakin und Ausbeuterin. Die Nachbarn sahen meine Mutter schräg an. Es gab einen kleinen Funken, und das Feuer eines großen Skandals brach aus. Ausgerissene Haare – die goldgelben meiner Mutter und die rotblonden von Tante Tossja – schwebten den Flur entlang.

Die Nachbarn mischten sich nicht ein. Sie wußten, daß ein Sommergewitter viel Lärm macht, aber am Abend die frisch gewaschene Sonne wieder herausschaut. Und die geläuterten Nachbarinnen würden später ein Glas Wein zusammen trinken. Und tatsächlich: Was hatten sie auch schon auseinanderzudividieren? Sie teilten das Schicksal aller Nachkriegsfrauen, und ihre Jugend ging dahin wie Rauch durch den Kamin.

Mit zwölf bekam ich einen Rheumaanfall und lag ein paar Monate lang im Krankenhaus. Dadurch lernte ich die Medizin lieben und träumte davon, Ärztin zu werden.

Lenka träumte von gar nichts. Sie lebte vor sich hin wie ein Hofhund. Obwohl, ein Hofhund hat auch ein Leitmotiv: die Liebe und Ergebenheit gegenüber seinem Herrchen. Also war Lenka doch kein Hund. Eher ein anderes Tier. Vielleicht ein Bär: ruhig und stark, mit einem langen Winterschlaf.

Nonna träumte nur von einem: Sie wollte Schauspielerin werden. Es lockte sie die Verwandlung, die Möglichkeit, in einem einzigen Leben doch viele Leben auszukosten; die elegante Kameliendame, die unschuldige Desdemona, die gewitzte Ljubow Jarowaja und so weiter – eine unendliche Reihe. In ihr entwickelte sich ein unglaubliches Talent, ganz im verborgenen, wie ein Kind sich im Mutterschoß entwickelt. Aber noch mehr träumte sie davon, ihre

Lebensumgebung zu verändern. Sie wollte dahin, wo es Einzelwohnungen gab, edle Gefühle, höhere Gespräche. Es zog sie zu Ruhm, Liebe und Reichtum. Nun ja, wer will das nicht?

Nonna stellte ganz allein eine Theatergruppe auf die Beine. Dorthin fuhr sie mit der Tram und kam erst gegen Abend zurück. Ein Jüngling mit schwarzen Haaren, der unsterblich in sie verliebt war und Andrjuscha hieß, brachte sie nach Hause.

Ich erinnere mich noch an ein Bild, das in mein Gedächtnis wie eingegraben ist: Nonna geht auf unser Haus zu, ein starker Wind bläst ihr entgegen, weht ihre Haare nach hinten. Der Stoff des Kleides zeichnet ihre Formen nach, die Hüfte, die Beine und die Mündung, in der die Beine zusammenkommen wie zwei Flüsse. Da war nichts Überflüssiges, pure Symmetrie, Perfektion und Eleganz. Ein kleines Meisterwerk. Die Mündung war wie ein Punkt. Der Schöpfer hatte hier den Schlußpunkt gesetzt.

Nonna ging vorwärts und erschauerte im Wind. Ihre Wimpern zitterten. Andrjuscha war anmutig und traurig. Er hatte wohl ein Vorgefühl, daß Nonna bald auf und davon wäre. Für sie taten sich andere Horizonte auf. Sie hatte in diesem Fabrikgebiet nichts mehr zu suchen, zwischen all diesen einfachen Menschen. Sie war eine Ananas und mußte unter anderen Ananaspflanzen erblühen, die elegant und wohlriechend waren.

Nonna bekam ihr Abschlußzeugnis und ging nach Moskau. Sie bestand die Aufnahmeprüfung in der Schauspielschule. Dann riß sie sich sofort und vollständig von uns los, es drängte sie von uns weg wie einen Reiher von den Hühnern. Ein Reiher fliegt hinauf zu den Wolken, ein Huhn kann nur ein bißchen flattern, kann höchstens bis auf den Zaun hochfliegen.

Tante Tossja erzählte überall rum, daß sich der Dekan der Schauspielschule in Nonna verliebt hatte, ein Professor mit dem Namen Zarenkow.

Unsere Mutter weinte still vor Neid und in dem Bewußtsein: Die einen bekommen alles – die anderen gar nichts. Warum gab es solche Ungerechtigkeit?

Ich war aufrichtig froh für Nonna. Wenn ihr solches Glück zugefallen war, dann hieß das, daß es das immerhin gab. Das Glück war kein Mythos, sondern Wirklichkeit. Und die Wirklichkeit war jedem zugänglich – also auch mir.

Lenka ließ weder Freude noch Neid erkennen. Ihr war es gleichgültig.

Lenka trat ins pädagogische Institut ein, ich wollte Richtung Medizin. Wir bereiteten uns vor, um die Reihen der sowjetischen Intelligenzija zu vervollständigen.

Ich hatte gleichzeitig zwei Verehrer. Der eine war Garik: fröhlich, ein Draufgänger, zu allem bereit. Der andere war schön, aber einer, der einem immer entgleitet, wenn man ihn packen will. Seine Mutter hielt nichts von mir. Sie sagte zu ihm: »Die schleppt dich bloß von einem Secondhandladen zum anderen. Aber du mußt deine Dissertation schreiben...«

Lenkas Privatleben stand still. Sie hatte immer noch den verträumten Ausdruck im Gesicht, keinerlei Interesse an gar nichts. Die Liebe zog an ihr vorbei, sie ging nicht in Lenkas Hafen vor Anker.

Mein Verehrer Nummer eins, Garik, kam oft zu uns nach Hause. Traf er mich nicht an, so setzte er sich hin und wartete auf mich. Lenka unterhielt ihn, so gut sie konnte. Sie zeigte ihm ihr Album mit ihren Zeichnungen. Ihre Zeichnungen waren alle ähnlich: ein spanischer Kavalier mit hochgestelltem Hemdkragen, mit großem Hut und Schnurrbart. Lenka zeichnete nur mit dem Bleistift und ausschließlich stolze Spanier. Woher sie diese Phantasie hatte? Vielleicht war sie in einem früheren Leben eine von ihnen gewesen, hatte in Spanien gelebt, und das genetische Gedächtnis gab ihr diese Bilder ein...

Mein Verehrer Nummer eins erwies sich als hartnäckig. Er kam einfach immer wieder. Und ich war immer wieder nicht da. Und eines Nachts kam ich erst um Mitternacht nach Hause. Als ich die Wohnzimmertür öffnete, setzten sich Lenka und Garik schnellstens in entgegengesetzte Ecken des Sofas. ›Sie haben sich geküßt‹, wurde mir klar. Nun ja, auch gut.

Dann wurden wir bestohlen. Ein junges Paar bat darum, bei uns übernachten zu dürfen. Sie stellten sich als Bekannte von Bekannten vor. Meine gutmütige Mutter ahnte nichts Böses und ließ die Leute für eine Nacht ins Haus. Morgens fuhr meine Mutter zur Arbeit. Wir Mädchen gingen in unsere Institute.

Und das nette Pärchen packte alles ein und nahm es mit.

Abends kamen die Ermittler und sahen auf dem Fensterbrett ein kleines Beil liegen. Sie zeigten es meiner Mutter. Das Beil war wohl für mich und Lenka gedacht gewesen, falls wir zur Unzeit zurückgekehrt wären.

Meine Mutter begriff, daß wir nochmal glimpflich davongekommen waren, und war erleichtert. Doch all das, was sie mühsam angehäuft hatte, die Winter- und Herbstmäntel, die Schuhe, die gesamte Bettwäsche... Wie viele Taschen würde sie besticken müssen, wie lange mit gekrümmtem Rücken dasitzen, um das Geraubte wieder zu beschaffen.

Meine Mutter weinte, aber nicht lange. Sie war wie eine Katze, sie konnte von jeder beliebigen Höhe herunterfallen und landete doch immer auf allen vier Pfoten.

So nahm sie all ihre Kräfte zusammen, bat auf der Arbeit um Unterstützung und nähte uns neue Wintermäntel. Lenka einen violetten. Mir einen in der Farbe von Meereswellen. Lenkas Mantel, der gerade geschnitten war, stand mir besser als meiner, der ab der Taille weit war. Da erpreßte ich meine Schwester und sagte: »Gib mir deinen Mantel, oder ich mache ein Rendezvous mit Garik aus.«

Da ging Lenka weg, kam eine Minute später zurück, den wertvollen Mantel überm Arm. Sie warf ihn mir zu und sagte: »Da, nimm, du Luder...«

Ich zog ihn an und ging einfach weg. Ich war wirklich ein Luder...

In dieser Zeit betrachtete ich ständig mein Bild im Spiegel unseres Schrankes. Ständig lief ich mit verdrehtem Hals umher, konnte die Augen nicht von meinem Abbild lassen. Ich sehe es sogar jetzt noch genau vor mir: ich, mit einer jugoslawischen Bluse und einem kleinen Samthütchen; die blühende Jugend, die Naivität und die Erwartung der Liebe.

Die Liebe unterwanderte unterdessen Lenkas Seele. Sie sprach wie Garik, und sie wandte den Kopf wie Garik. Sie verwandelte sich völlig in ihn. Man nennt das wohl Identifikation. Lenkas und Gariks Ich flossen zu einem zusammen.

Er kam zu uns, und sofort füllte sich die Wohnung mit Freude. Garik empfand das Leben wie einen einzigen Feiertag, wie einen Karneval, und er war Teilnehmer dieses Karnevals und machte alle um ihn her fröhlich. Ich vergaß zu erwähnen: Er war nicht nur ein Draufgänger, er war auch begabt, klug, und ein aufstrebender origineller Wissenschaftler.

Wieso hatte ich ihn Lenka nur abgetreten? Na, wenigstens hatte ich ihn nicht in fremde Hände gegeben, sondern der eigenen Schwester.

Einmal schnitt Garik von seinem Hemd zwei Knöpfe ab, dann zerkaute er ein wenig Brot und klebte damit die Knöpfe auf die Augen der Gipsbüste von Lomonossow. Dieser Lomonossow stand bei uns zu Hause zur Verschönerung.

Garik sagte nichts weiter und ging weg. Und abends sahen wir es. Ich erinnere mich an das freudige Erstaunen, das uns wie ein warmer Wind umgab. Lenka lachte. Und meine Mutter lachte. In ihrem Leben gab es so wenig fröhliche Überraschungen… ich werde mich immer an diesen Moment erinnern, obwohl es ja eigentlich nichts Besonderes war.

Garik war ein kreativer Bursche. Er half mir, meine allererste Erzählung zu schreiben. Wir saßen einfach da und schwatzten, aber er gab mir ein Schema, eine Konstruktion, ein Sujet. Geschrieben habe ich es natürlich selbst, ganz allein. Aber ohne klare Konstruktion wäre alles auseinandergefallen.

Gariks Unterkiefer ragte etwas vor. Im Volksmund nannte man das den ›Hundevorbiß‹. Ja, das war es, was mich gestört hatte. Sein Hundevorbiß hatte mir nicht gefallen. Aber Lenka bemerkte den Hundevorbiß gar nicht. Oder sie bemerkte ihn und fand ihn sogar schön. Sie empfand Garik als perfekt schön. Er hatte tiefgründige, kluge Samtaugen, mit kleinen Lachfünkchen. Und sein Gesichtsausdruck war immer so, als wenn er etwas wüßte, es aber nicht verriete. Auch wenn ich ihn ansah, erwartete ich immer etwas. Ich wartete darauf, daß er in die Hände klatschen und rufen würde ›Hepp!‹, und dann würden alle tanzen und springen, wie die Kinder. Wegen was? Das wäre gar nicht wichtig. Einfach so. Die Lebensfreude würde nur so hervorsprudeln. Der Grund wäre das Leben selbst.

Schließlich heiratete Lenka Garik.

Zarenkow machte Nonna einen Heiratsantrag. Tante Tossja jubilierte. Nonna wurde offiziell in den Stand der ›Ananasse‹ aufgenommen, während wir weiterhin Kartoffeln blieben.

Zarenkow – mit Spitznamen Zar – gehörte zur kreativen Elite. Und Garik war einfach ein Ingenieur. Von diesen Ingenieuren gab es so viele wie Hunde. Wo immer du einen Stecken hinwirfst, triffst du einen Ingenieur, wie man damals sagte.

In meiner Mutter vermischten sich Neid und Freude. Der Neid war verständlich: Nichts kratzt einen mehr als der Erfolg der besten Freundin. Und die Freude war auch verständlich: Trotz allem hatte meine Mutter Tante Tossja gern. Es war offensichtlich, daß es Nonna materiell besser gehen würde und sie ihrer Mutter helfen könnte. Und wieso sollte Tante Tossja im Herbst ihres Lebens nicht endlich ausruhen dürfen.

Die Hochzeit stand kurz bevor. Doch der Zar mußte sich noch scheiden lassen, was gar nicht so einfach war. Er ließ eine Frau und eine zehnjährige Tochter zurück und folgte dem Ruf der Liebe. Die Liebe ist jedoch etwas Virtuelles und die Tochter etwas Physisches, mit einem Gesicht, mit Armen und Beinen, mit durchsichtigen Tränen und beständigen Fragen. Der Zar hatte eine schwere Zeit, in der Glück und Unglück sich mischten. Er baute sein Glück auf dem Unglück nahestehender und geliebter Menschen auf. Aber anders ging es nun mal nicht.

Tante Tossja kam zur Hochzeit angewalzt.

Der Zar gefiel ihr überhaupt nicht. Erstens war er alt, zwanzig Jahre älter als Nonna. Er hätte ja glatt ihr Vater sein können. Und er hatte einen runden Hintern wie eine Frau und trug die Haare nach hinten gekämmt wie Stalin.

Der Zar war schön im Stil der damaligen Zeit. Damals trugen alle Männer die Haare glatt nach hinten gekämmt, waren wohlgenährt und gepflegt. Und was den Hintern betraf, jeder hat eben den, den er hat.

Der Zar sprach in schönem, gesetztem Bariton, und – so kam es Tante Tossja vor – er kannte jede Menge Wörter. Wozu so viele? Die Worte sprudelten aus ihm hervor wie aus einem löchrigen Eimer. Alles mußte hin und her gewendet und zerredet werden. Tante Tossja tat der Kopf weh von dem Gequassel. Aber Nonna verstand jedes Wort, war gebannt vor Entzücken und schaute den Zar mit glänzenden Augen an.

Die sprachliche Umgebung ihrer Kindheit war so armselig gewesen, so undifferenziert wie das Meckern eines Schafes. Und hier gab es ein ganzes Symphonieorchester, eine Harmonie und einen höheren Sinn. ›Wie komme ich nur zu diesem Glück?‹ fragte sich Nonna und konnte es kaum fassen.

Der Zar seinerseits sah Nonna an, die zart wie ein Maiglöckchen war und vertrauensvoll wie ein Kind, und er dachte: ›Kann das denn wahr sein?‹ Es kam ihm das Mädchen aus den niederen Schichten, Eliza Doolittle, in den Sinn, die ihre Möglichkeiten noch nicht kannte, die ein ungeschliffener Brillant war, der aussah wie schmutziges Glas. Der Zar würde diesen Brillanten nehmen und säubern, würde ihn schleifen, und der wertvolle Stein würde anfangen zu funkeln und Feuer sprühen. Und alle würden staunen.

Doch Henry Higgins hatte keine Schwiegermutter. Zarenkow dagegen hatte eine.

Tante Tossja betrachtete den zukünftigen Schwiegersohn mit hochgezogenen Augenbrauen. Irgend etwas an ihm ließ sie vorsichtig sein. Sie beschloß, ihren Verdacht zu überprüfen.

Dazu nahm sie Zarenkows persönliches Telefonbüchlein und fand so die Nummer seiner Ex-Frau. Sie rief an und verabredete sich mit ihr.

Tante Tossja wollte die Wahrheit wissen: In welche Hände würde ihre geliebte und einzige Tochter geraten? Und solche Kleinigkeiten wie das unverzeihliche Eindringen in die Privatsphäre eines anderen Menschen – das waren für sie nur Kinkerlitzchen.

Die Exfrau hieß Vita.

Das Gespräch fand in einer Metrostation statt, der Majakowskaja, direkt neben einer der Prachtsäulen. Vita betrachtete Tante Tossja und sah sofort, daß sie eine einfache Frau mit leicht herausgewachsener Dauerwelle war. Demnach war die Tochter wohl auch keine Prinzessin von Wales. Nun ja, es war ja auch egal...

Und Tante Tossja sah, daß die Exfrau geschminkt, ja sogar sehr geschminkt war, geradezu grell und auffallend – doch gegen Nonna hatte sie sowieso keinerlei Chance. Vita war *jung aussehend*, aber Nonna *war* jung.

»Also, was möchten Sie wissen?« fragte Vita, obwohl sie ganz genau wußte, was die ältere Frau interessierte.

»Die ›Charakteristik‹«, sagte Tante Tossja.

Sie war ein Kind ihrer Zeit, und sie wußte, daß man, egal für welchen Arbeitsplatz, damals immer eine sogenannte Charakteristik brauchte.

»Er ist ein Schwätzer und ein Schürzenjäger«, sagte Vita kurz und bündig.

Tante Tossja erschauerte. Genau das hatte sie befürchtet. Ihr Verdacht erhärtete sich. Da sah man mal wieder, wer Intuition hatte...

»Es gibt einen Ausdruck, ›den Ziegenbock in den Gemüsegarten schicken‹«, fuhr Vita fort. »Sein Gemüsegarten, das ist die Schauspielschule mit all seinen Studentinnen. Dort kommen die allerhübschesten hin. Da muß er also nicht lange suchen. Allzeit da und allzeit bereit. Wie die kleinen Pionierinnen.«

»Meine Tochter ist keine kleine Pionierin«, empörte sich Tante Tossja.

»Na, dann ist sie eben ein ganz gewöhnliches Opfer. Mein herzliches Beileid, Ihnen und der Tochter auch.«

»Sind Sie auch Künstlerin?« fragte Tante Tossja.

»Ist doch unwichtig«, antwortete Vita ausweichend.

»Aber vielleicht ändert er sich ja... Immerhin lieben sie sich.«

»Der ändert sich nie! Mit vierzig ändern sich die Menschen nicht mehr. Entschuldigen Sie, wenn ich Ihnen das so sage. Aber ich mag mich nicht verstellen.«

Sie sahen einander an.

»Und wie kommen Sie denn jetzt zurecht?« fragte Tante Tossja voller Mitgefühl.

»Wie meinen Sie das?« fragte Vita verständnislos.

»Na, so ganz allein... Ich weiß doch, wie das ist.«

»Ich war sowieso immer allein. Vor allem mit ihm«, entgegnete Vita bitter. »Ich hätte ihn vor fünf Jahren schon rauswerfen sollen. Ich bereue, daß ich das nicht früher getan habe.«

»Wenn Sie ihn nicht rausgeworfen hätten, dann wäre er also nicht gegangen?« fragte Tante Tossja nach.

»Warum sollte er denn? Alles wäre ewig so weitergegangen. Für ihn war es doch bequem so.«

Tante Tossja blinzelte. Einerseits war es gut, daß Vita ihn rausgeworfen hatte. Ihre Tochter konnte so offiziell heiraten. Aber andererseits: Vita hatte ihren unbequemen Mann bei Nonna abgeladen, hatte also Nonna einen Ladenhüter angehängt.

Ein großer Mann mit markanter Nase näherte sich Vita.

»Ich komme gleich«, sagte Vita zu ihm.

›Ihr Liebhaber‹, erriet Tante Tossja. ›Na, die lebt wenigstens ...‹

In Tante Tossjas Leben hatte es schon so lange nichts Privates mehr gegeben. Sonst wäre sie jetzt nicht hier gewesen, wäre ihrer Tochter nicht im Wege gestanden.

»Auf Wiedersehen«, verabschiedete sich Vita. »Ich wünsche Ihnen alles Gute ...«

Tante Tossja nickte leicht, völlig benommen. Was sollte schon Gutes von einem Geißbock im Gemüsegarten kommen?

Sie kam völlig niedergeschlagen nach Hause.

»Er ist ein Schwätzer und ein Schürzenjäger«, verkündete Tante Tossja schon auf der Schwelle. »Seine Frau hat es mir erzählt.«

»Was sagst du da? Du hast dich mit seiner Frau getroffen?!« fragte Nonna entsetzt. »Wozu denn das?«

»Ich wollte es eben, und darum habe ich es getan. Wieso? Darf ich das vielleicht nicht?«

Nonna fing an zu weinen. Ihre sich scharf abzeichnenden Schulterblätter bebten. Tante Tossja tat ihr armes Vögelchen leid. Sie als Mutter litt zwar auch, aber sie tat niemandem leid. Sie ging auf Nonna zu und umarmte sie.

»Weine nicht. Du bist ja nicht allein. Ich bin ja bei dir ...«

»Aber was hast du denn damit zu tun?« Nonna ließ ihre Hand los. »Ich liebe meinen Mann. Und er liebt mich. Bei uns wird alles anders sein ...«

»Aus einer Kartoffel wird nie eine Ananas«, erinnerte Tante Tossja stur.

»Wieso verbaust du mir mein Leben? Wir sind so glücklich... Aber nein, du mußt unbedingt einen Wermutstropfen hineingießen... Du kannst es einfach nicht ertragen, daß alles gut ist...«

»Es geht mir ja nur um die Wahrheit...«

»Und kennst du sie etwa, die Wahrheit?«

»Na, du kennst sie jedenfalls nicht.«

»Die Wahrheit ist, daß ich ihn liebe. Und das ist genug!«

Es klingelte an der Tür. Der Zar kam nach Hause. Er war fröhlich, gütig und hungrig.

Nonna bediente ihn rundum. Sie bereitete ihm eine Vorspeise, kochte einen ersten und zweiten Gang. Es gab zwei Salate: Kartoffelsalat Olivier und einen grünen Salat. Zum Dessert eine Charlotte russe und Rote Grütze aus gefrorenen Sauerkirschen. Der Zar aß mit gutem Appetit. Tante Tossja sah mit Entsetzen, wieviel er in sich hineinschlang. Er aß die gesamte Tagesration eines erwachsenen Menschen auf einmal. ›Der hat wohl Angst, daß sein Hintern schmäler wird‹, dachte Tante Tossja. Sie konnte nicht verstehen, wie sich eine Studentin in so einen verlieben konnte. Was hatte der schon Besonderes? Ihr persönlich war er eher unangenehm: so glatt, ohne Kanten, fast schlüpfrig, wie ein Kieselstein am Meeresufer.

Wenn Tante Tossja drei Kinder gehabt hätte, dann hätte sie wohl jetzt an einer anderen Front gekämpft. Aber so mußte sie erst einmal zurückkrebsen, um später... Und sie hatte doch noch so viel Kraft und so viele unerfüllten Wünsche...

Nonna erinnerte sich lebhaft an ihre Kindheit. An die Kommunalwohnung, die Streitigkeiten, die ausbrachen, wenn die in der Tiefe brodelnden Leidenschaften an die Oberfläche drangen, wie ganz plötzlich der Geruch eines Stinktieres den Raum füllte bis unter die Decke und ihr aller Leben bestimmte. Sie erinnerte sich, wie sie es geschafft hatte, sich von dort loszureißen und zu anderen Ufern zu schwimmen. Gerade betrat sie dieses Ufer. Und jetzt? Tante Tossja hatte sie eingeholt und brachte all das mit, vor dem Nonna geflohen war. Gab es denn kein Entrinnen?

»Wann fährst du zurück?« fragte Nonna.

»Wieso?« fuhr Tante Tossja auf.

»Ach, nur so. Du weißt ja, man muß die Fahrkarte vorbestellen...«

»Wir ziehen die Hochzeit durch, und dann fährt sie wieder nach Hause«, ordnete der Zar an. »Ich habe für Freitag ein Restaurant reserviert.«

»Ein Restaurant kommt gar nicht in Frage!« verfügte Tante Tossja. »Ich mache alles selbst.«

»Wieso sollen Sie sich da abmühen?« fragte der Zar verwundert.

»Ich habe doch nur eine Tochter. Da kann ich mich doch mal abmühen. Und ihr spart dadurch so viel Geld...«

»Aber...« versuchte der Zar zu entgegnen.

»Laß sie!« sagte Nonna streng.

»Na gut«, gab der Zar klein bei. »Wie ihr wollt...«

Tante Tossja bereitete eine Festtafel für vierzig Leute vor. Die Tische waren in den zwei kleinen aneinandergrenzenden Zimmern zusammengerückt worden und nahmen den ganzen Raum ein. Die Gäste konnten nichts anderes als sitzen, aber sie wollten auch gar nichts anderes.

Die Tafel bog sich vor Speisen. Da gab es goldbraun gebratene Gans mit süßsauer eingelegtem Kraut, durchsichtige Sülze, in der Eierscheiben und aus Karotten geschnitzte Sterne steckten, die nach scharf-würzigem Knoblauch roch. Es gab selbstgeräucherten Schinken, gebratene Hammelkeule, von den Gewürzen dunkel gebräunt. Pasteten – Leberpastete und Fischpastete. Piroggen mit Fleisch- und mit Krautfüllung. Und eine Napoleon-Torte, die einem auf der Zunge zerging.

Jedes einzelne Gericht war kompliziert zubereitet worden, hatte Zeit und Anstrengung erfordert – und Talent.

Tante Tossja machte alles selbst, ließ niemanden helfen. Doch als alles fertig war, forderte sie die entsprechende Aufmerksamkeit. Sie plazierte sich in die Mitte der Tafel, sprach Toaste aus, unterbrach alle beim Reden und betrank sich zügig.

Ab einem bestimmten Moment nahm man ihr die Initiative aus der Hand. Der Theaterkritiker Panarowski übernahm. Ihn löste der Schauspieler Tschikadse ab, und mit der Meisterschaft eines geübten Tamada lenkte der die Tischgesellschaft wie ein Schiff, indem er das Steuer im richtigen Moment herumriß.

Tante Tossja war beleidigt, sie ging in die Küche und fing an zu weinen. Erst weinte sie leise, dann fielen ihr all die Undankbarkeiten ihres Lebens ein, und sie legte an Lautstärke zu. Dann fiel ihr das Gespräch mit Vita ein, da heulte sie mit der ganzen Kraft ihrer Lungen. Die Gäste wandten sich mit erschrockenen Gesichtern der Küche zu.

Nonna ging zu Tante Tossja und fragte: »Was ist passiert?«

Aber sie wußte schon, was passiert war. Ihre Mutter hatte eine Heldentat vollbracht, ein gastronomisches Meisterwerk abgeliefert, einen Haufen Geld gespart und war jetzt einfach erschöpft wie ein Wolgatreidler. Und nun forderte sie eine würdige Belohnung: Alle sollten ihr zu Füßen liegen und diese Füße küssen. Oder wenigstens sollten ihr alle einzeln einen schwülstigen Dank sagen. Aber niemand hatte etwas gesagt. Alles war, als müßte es so sein. Sie hatten sich hingesetzt, alles aufgefressen, und jetzt würden sie wieder gehen, einen Berg schmutzigen Geschirrs hinterlassend. Und wer würde es spülen?

»Ich hab es ja gleich gewußt«, sagte Nonna düster. »Zuerst zerreißt du dich und schließlich brichst du zusammen.«

Und das waren die einzigen Worte, die sie für ihre Mutter übrig hatte. Nonna wäre es wohl am liebsten gewesen, wenn ihre Mutter wie eine Taubstumme alle Arbeit getan und dabei geschwiegen hätte.

Dann kam der Zar in die Küche. Er legte der Schwiegermutter den Arm um die Schultern.

»Beruhigen Sie sich«, sagte er. »Ich verstehe ja, daß es schwer ist, sich zu trennen. Aber irgendwann muß es bei jedem sein. Das Kind wird groß, und das Vögelchen fliegt aus dem Nest. Das ist das Gesetz des Lebens ...«

Der Zar hatte nicht die charakterlichen Besonderheiten der neuen Schwiegermutter erfaßt und räsonierte in seinem wohltönenden Bariton leise vor sich hin.

Tante Tossja legte sich bei den Nachbarn schlafen. Die Hochzeit ging weiter.

Nonna glaubte es und glaubte es nicht. Konnte das denn

wahr sein? War sie, das Mädchen aus Hilfsarbeiterkreisen, die Ehefrau des großen Maestros und selbst ein künftiger Star? Vor ihr lag ein langes Leben am Arm des Geliebten und Einzigen. Nur er. Und nur sie. Für immer zusammen. Wie die große Schauspielerin Orlowa mit ihrem Alexandrow. Und die Vergangenheit würde, zusammen mit den dazugehörigen Leuten, in einer Windung des Gedächtnisses verschwinden wie ein Schiff im Strudel der Wellen. Und in diesen Strudel gerieten Lenka und ich, unsere Mutter und die ganze Kommunalwohnung mit den Nachbarn, und Onkel Fjodor, ihr Onkel, und all die anderen Verwandten. Alle ohne Ausnahme.

Nonna begann ein neues Leben, drang in einen neuen Raum vor und wischte sich an der Schwelle die Füße ab und streifte dabei den Schmutz von den Sohlen.

In unserem Haus geschah auch so einiges. Lenka war schwanger geworden. Garik, der werdende Vater, freute sich wie immer am Leben. Ihm gefiel alles: das gute Wetter und das schlechte, Geld haben und keines haben. Er fand immer einen Grund, um sich zu freuen. Er hatte so eine Art zu lachen, als ob er dabei fast erstickte. So steht er mir noch heute vor Augen, mit diesem halberstickten Lachen. Nur ab und zu wurde er ernst und traurig – dann wenn er das Foto seines Vaters betrachtete. Der Vater war dort kräftig, schön, sah mit frischem Gesicht und ruhigem Blick vor sich hin.

Garik rückte schließlich damit heraus, daß man seinen Vater im Jahre siebenunddreißig verhaftet und im Gefängnis gefoltert hatte. Er wußte auch wie: Man hatte ihm die

Hoden zerquetscht. Dann hatte man ihn zum Sterben nach Hause geschickt. Nachts hatten sie ihn auf einer Bahre in den fünften Stock getragen.

»Und weshalb?« fragte ich naiv.

»Er war als Spezialist beruflich nach Deutschland gereist«, antwortete Garik.

»Und weiter?« Ich verstand immer noch nicht.

»Da hat man ihn als Spion verhaftet.«

»War er denn auf eigene Initiative nach Deutschland gefahren?«

»Ach woher denn. Er war von seiner Arbeitsstelle geschickt worden.«

»Wieso hat man ihn dann verurteilt?«

Damals begriff ich die Besonderheiten unseres Landes und seiner Geschichte noch nicht.

Im Nichtverstehen lag unsere Rettung. Denn wenn man es begriffen hätte, dann hätte das bedeutet, daß der Teufel in voller Größe siegte. Es war der Sieg des Bösen über den gesunden Menschenverstand.

Meine Familie war keinerlei Repression ausgesetzt gewesen. Meine Eltern waren nur völlig unwichtige Rädchen im Getriebe gewesen. Man hatte sie gar nicht erst zur Kenntnis genommen.

Ich beachtete also den Sieg des Bösen nicht. Ich hatte natürlich so manches gehört, irgendwo, bei irgendwem... Aber mich betraf das nicht. Ich lebte leicht dahin, studierte an der Musikhochschule und hatte zwei Verehrer gleichzeitig.

Meine Hauptaffäre geriet ins Schlingern wie ein schwerer Lastwagen. Die Räder drehten durch, aber der Wagen kam nicht vom Fleck. Seine Mutter war dagegen, und er wollte seiner Mama keinen Kummer machen. Er war ein Muttersöhnchen. Und doch liebte er mich mit der ganzen Kraft seiner noch nicht erstarkten Seele.

Ich hatte genug davon. Also heiratete ich einen Jungen aus Moskau. Das Ganze geschah innerhalb einer Woche. Amor schoß einen Pfeil ab. Ein paar Tage lief ich herum und griff mir ans Herz. Dann kam das Standesamt.

Ich lernte daraus: Wenn etwas klappen soll, klappt es sofort oder überhaupt nicht. Wenn die Räder durchdrehen, warte nicht lange. Geh in eine andere Richtung, denn der Himmel will es eben nicht.

Ich zog nach Moskau. Meine Mutter kam ebenfalls nach Moskau, doch nur zur Hochzeit. Auch sie richtete eine Tafel her. Ein Restaurant hatte allerdings auch gar niemand vorgeschlagen. Alles wurde aus eigener Kraft organisiert. Die gleiche Gans, die gleiche Napoleon-Torte. Und die gleichen miteinander verbundenen Zimmer, so um die vierzehn Quadratmeter, in der Mitte eine Schiebetür.

Die Eltern meines Mannes waren Komsomolzen der dreißiger Jahre. Rechtschaffene Leute, nur von der Ideologie verblödet. Wie die Blinden gingen sie hinter dem Führer her. Man merke, die Geschichte wird von Bösewichtern gesteuert. Und auch im Privatleben gewinnen die Mistkerle. Wahrscheinlich haben die Mistkerle und Bösewichte den stärkeren Antrieb.

Ich erinnere mich noch, daß bei meiner Hochzeit der Vater meines Mannes, mein Schwiegervater also, auf einem Stuhl vor dem Tonbandgerät saß und laut zusammen mit dem damals beliebten Troschinyj *Moskauer Nächte* sang. Troschinyj sang auf dem Tonband und der Schwiegervater live.

Meine Mutter saß still da und gab kaum einen Laut von sich. Ihr war bewußt, daß sie in eine Professorenfamilie geraten war und ihren Platz kennen mußte.

Damit meine arme Mama ihrem Schwiegersohn ein würdiges Geschenk machen konnte, hatte sie von ihrem Wintermantel den Nerzkragen abgetrennt und ihn jemandem aus der Nachbarschaft verkauft. Das Geld reichte für vergoldete Manschettenknöpfe.

Der Mantel sah ohne Kragen wie verwaist aus, und so häkelte meine Mutter einen neuen Kragen aus dicker Wolle. Der gehäkelte Kragen verunstaltete den Mantel, aber meine Mutter sagte sorglos: »Ist doch egal... es sieht sowieso niemand hin. Früher konnte ich irgendeinen Lappen anziehen, und alle drehten sich um. Und jetzt könnte ich Gott weiß was anziehen, und alle denken höchstens: ›Was für eine gepflegte alte Frau.‹«

Dieser Ausdruck blieb mir hängen.

Wenn ich jetzt eine meiner Neuerwerbungen anprobiere, betrachte ich mich im Spiegel. Alt bin ich noch nicht. Aber der Glanz der Jugend ist schon dahin. Dann sage ich mir in Gedanken: Gar nicht übel, was für eine gepflegte mittelalte Frau...

Die Hochzeit ging glatt und fröhlich vonstatten. Meine Schwiegermutter betrank sich und lachte immer wieder laut. Gegen Ende schlief ein Freund meines Mannes auf der Toilette ein, und niemand konnte hinein. Wir haben wohl die Tür aufgebrochen.

Das Muttersöhnchen traf ich ein Jahr später in der Moskauer Metro wieder. Ich konnte meinen Augen kaum trauen. Was tat er hier in Moskau?

Er erblickte mich, kam angerannt und fing noch im Gehen an zu erzählen, wieso er in Moskau war. Er suchte die Wahrheit in höheren Instanzen. Worin diese Wahrheit bestand, bis dahin konnte ich nicht vordringen.

Auf seiner Oberlippe glitzerte ein Schweißtropfen. Er war sehr aufgeregt. Offensichtlich war es ihm sehr wichtig, mir all das zu erzählen.

Meine Metro kam. Ohne mich von ihm zu verabschieden, witschte ich in den Waggon. Ich hatte es eilig.

Der Zug fuhr an. Meine erste Liebe verfolgte verblüfft mit den Augen die abfahrenden Waggons. Es sah aus, als demonstriere ich völlige Gleichgültigkeit, Unaufmerksamkeit, ja sogar Flegelhaftigkeit. Doch ich demonstrierte gar nichts. Ich hatte es nur eilig. Ich hatte mein eigenes Leben. Und alles, was mit diesem Menschen zusammenhing, hatte aufgehört, mich zu interessieren.

Wie entsetzlich! Wohin geht die Substanz der Liebe? Es war doch einmal Liebe gewesen, und was für eine… Eine allumfassende, von einem erhabenen Gefühl durchdrungene. Und wo war sie jetzt?

Wahrscheinlich hat alles sein Ende. Sogar das Leben selbst, und erst recht die Gefühle…

Mein Mann und ich hatten keine eigene Wohnung. Wir mieteten ein Zimmer in einem zweistöckigen Haus neben dem Weißrussischen Bahnhof. Ringsumher standen viele solcher Häuser, die wie eine Baracke aussahen.

Wir wohnten zur Untermiete bei einer Generalswitwe. Ich hatte den Verdacht, daß ihr Mann in Wirklichkeit nicht mehr als ein Kapitän gewesen war, denn sonst hätte sie doch eine andere Wohnung gehabt. Aber es gefiel ihr wohl, sich Generalswitwe zu nennen, und mir war es schließlich egal.

Sie war fast kahl. Der Schädel schimmerte durch die dünnen hellen Haare. Sie hatte Parodontose, die Zähne fielen fast aus ihrer Halterung, die von der Farbe alter Knochen war.

Ihre Figur war einfach ein formloser Haufen, die Brüste hingen weit unten, der Hintern war vom Rücken nicht zu unterscheiden.

Ich betrachtete sie mit Ekel und Entsetzen: Schämte sie sich denn nicht, mit so einem Äußeren zu existieren? Das war ja schon geradezu eine Unhöflichkeit, eine Mißachtung ihrer Umgebung gegenüber. Aber ich schwieg.

Alte Menschen können schön sein, doch das ist selten der Fall. Die Natur sorgt sich nicht um den Menschen. Er wird von der Natur gebraucht, solange er noch reproduziert, das heißt: zeugt und gebärt. Und dann winkt die Natur schon ab und sagt: ›Geh zum Kuckuck.‹ Und der alte Mensch geht zum Kuckuck, wobei er sich mühsam auf seinen abgewetzten Gelenken bewegt, mit zusammengepreßten Lippen, den Mund zusammengezogen wie einen Tabaksbeutel.

Ich betrachtete die alte Generalswitwe und dachte: Mit mir wird das nicht so bald passieren. Oder es wird überhaupt nie passieren. Die Menschheit wird sich etwas ausdenken, wird den Faktor Alter überwinden, und ich werde immer so bleiben, wie ich jetzt bin: jede Menge Energie, ein leichter Körper, glatte Haut, mitreißende Ausstrahlung…

Bei uns in der Wohnung wohnte auch ein Schäferhund. Das war der Hund der alten Frau – ein bösartiges, grimmiges Tier. Der Hund vergötterte meinen Mann. Ihn erkannte er als Herrchen an. Und wenn mein Mann nur von einer Ecke des Zimmers in die andere ging, dann folgte ihm der Hund auf Schritt und Tritt.

Mich dagegen verachtete er. Ich war so eine Art Katze für ihn, die man nicht achtete und, falls möglich, in Stücke riß. Ich hörte das Knurren des Hundes und fürchtete ihn.

Ich leitete einen Chor in einer Grundschule. Für die Schüler war ich keinen Pfifferling wert. Oder wie ein Bekannter zu mir sagte: ›Du kannst dich eben nicht verkaufen.‹ Und das stimmte.

Und auch später, als angehende Schriftstellerin, die man sogar schon in China las, konnte ich mich noch immer nicht richtig ›verkaufen‹. Mich schätzen nur die, die mich nicht kennen. Die Leser phantasieren sich mein Bild zusammen. Aber die, mit denen ich direkt zu tun habe, denen bin ich keinen Pfifferling wert. Wahrscheinlich ist das Willensschwäche.

In meinen Stunden ging's drunter und drüber. Ich kehrte völlig ausgelaugt nach Hause zurück. Mein blauäugiger Mann holte mich an der Bushaltestelle ab. Er sah mich an und verstand alles. Dann sagte er: »Achte einfach nicht darauf, du hast doch mich, das ist die Hauptsache.«

Und das stimmte. Ich hatte ihn. Aber das war zuwenig. Ich mußte mich auch selbst haben. Aber ich hatte mich nicht.

Das war die Periode vor dem Urknall. Es gibt eine Hypothese über die Weltentstehung als Resultat eines großen Knalls. Es knallte – und schon entstand alles gleichzeitig: die Erde, das Leben, der Kosmos und Gott.

Nach diesem Schema entstand auch mein Leben. Die Veröffentlichung der ersten Erzählung – und schon war alles da. Ich wurde in den Schriftstellerverband aufgenommen, in den Verband der Filmschaffenden, man brachte ein Buch heraus, beauftragte mich mit einem Drehbuch, es gab Geld und Ruhm, aber das wichtigste war: Ich hatte mich selbst gefunden.

Wenn etwas klappen soll, dann klappt es sofort, oder gar nicht...

Einmal gingen mein Mann und ich ins Theater. Ich wusch mir unmittelbar vor der Vorstellung die Haare. Sofort sah ich besser aus. Es ist unglaublich, wieviel besser ich mit frisch gewaschenen Haaren aussehe. Meine Gesichtshaut wurde transparent und fein wie bei einer Japanerin. Meine Frisur hieß ›Babette‹, sie war im Stil von Brigitte Bardot. Damals trugen das alle.

Später tauchte die Frisur ›Zauberin‹ auf, die der Schauspielerin Marina Vlady, Vissotzkis Lebensgefährtin, nachempfunden war. Glatte weißgefärbte Haare und Ponyfransen.

Aber nicht eine einzige unserer sowjetischen Schauspielerinnen konnte die Mode so beeinflussen wie Brigitte Bardot.

Sie vereinigte in sich kindliche Unschuld und raffiniertes Laster, ein verdorbenes Kind sozusagen. Es war genau dieses Bild, das die Männerherzen erschütterte. Marina Vlady dagegen rief eher zu Heldentaten und Aufruhr auf. Jeder x-beliebige Mann wäre bereit gewesen, alles stehen und liegen zu lassen und ihr barfuß durch den Schnee zu folgen. Hier war das Unterbewußte am Werke.

Unsere Schauspielerinnen waren nicht weniger schön als die westlichen, aber sie standen für die Wortschöpfung: ›positives Vorbild‹. Und das tötete das Unterbewußte.

Ich frisierte mich also zur ›Babette‹, und wir gingen ins Theater.

Die Atmosphäre im Theater war damals anders als heute. Früher putzte man sich für das Theater heraus, man nahm schöne Schuhe mit und zog sie in der Garderobe an. Die Leute kamen, um etwas anzuschauen, aber auch, um selbst gesehen zu werden. Sich selbst im besten Lichte zu präsentieren – das war unabdingbar. Während der Pause ging man wohlgesittet umher.

Heutzutage macht sich niemand mehr fürs Theater fein. Man kommt, um einen geistigen Happen zu verschlingen. Und wenn da ein junges Mädchen mit tiefem Dekolleté und mit hohen Absätzen daherkommt, wird sie eher für ein Dummchen gehalten: Wie kann man nur, im Winter mit tiefem Ausschnitt…

So spazierten mein Mann und ich also aufgeputzt im Kreis herum – und plötzlich erblickte ich Nonna. Sie kam ganz zielstrebig daher, mit geschäftigem Schritt – ganz Hausherrin im Theater. Möglicherweise war sie gerade auf dem Weg hinter die Kulissen.

Als ich die Freundin aus Kindertagen sah, flog ich gleich zu ihr, um unversehens dicht vor ihr aufzutauchen. Wir würden uns erkennen, vor Freude aufjauchzen und heftig umarmen.

Ich war schon fast bei ihr, als ich plötzlich abbremste. Nonna hatte mich erblickt, erkannt – und streckte mir höflich die Hand entgegen zu einem förmlichen ›Guten Abend‹. Ich schätzte die Entfernung zwischen uns auf einen halben Meter, gerade lang genug für einen ausgestreckten Arm, und mir blieb nichts anderes übrig, als stehenzubleiben und die ausgestreckte Hand zu drücken.

Ich rannte fast in diese offizielle Geste hinein, und wurde von einem kalten Kopfnicken wie aufgespießt. Das sollte wohl heißen: ›Na gut, bitte schön, ich erinnere mich, aber mehr auch nicht.‹

Ich wollte etwas fragen, aber alle Fragen waren mit einem Mal wie weggeblasen. Ich fühlte mich, als hätte man mir ins Gesicht gespuckt. Im Grunde war es auch genau das. Nonna spuckte auf unsere Kindheit, auf unsere Spiele und Jugendträume. Sie strich alles durch und machte es null und nichtig!

Ich kehrte in den Saal auf meinen Platz zurück. Mein Mann verstand nicht, wieso ich plötzlich schlechter Laune war. Woran war er jetzt wieder schuld?

Daran, daß er kein Professor war, kein ›verdienter Künstler des Volkes‹ und kein As im Ärmel war. Er war einfach nur eine normale Karte im Spiel, eine von vielen.

Er war natürlich ehrlich, aß manierlich, liebte manierlich, bewegte sich souverän in seinem eigenen Berufsfeld. Er roch immer gut, und neben ihm war ich ruhig und glücklich.

Doch damals schien mir das keinen Wert zu haben. Berühmtheit – das war ein Wert. Alle sollten mich anerkennen und ersterben vor Entzücken. Und wenn mein Mann ein Niemand war, dann war auch ich ein Niemand, dann waren wir wie Sandkörnchen, die mit dem Fluß der Zeit ins Nichts geschwemmt werden würden. Die Zeit würde uns wegwaschen, und nicht einmal eine Spur würde von uns übrigbleiben. Wozu dann *alles*?

Das Theaterstück ging weiter. Ich glaube, es war Gorkis *Nachtasyl*. Ein guter Text. Gorki ist ein wunderbarer Stückeschreiber. Zu schade, daß er von Capri zurückgekehrt war. Dort hatte er es lustig und warm, und er war in Sicherheit gewesen.

Ich saß geknickt da, denn ich war nur ein unwichtiges Sandkorn, ein Blättchen am Baum, eines zwischen vielen anderen.

Später, im Laufe der Zeit, versteht man erst richtig: Wie schön ist es, einfach ein Blättchen an einem guten Baum zu sein, im Wind zu flirren zwischen vielen anderen. Das Leben ist so viel mehr als Theater oder Literatur. Und Berühmtheit ist nur eitler Tand. Doch unter freiem Himmel zu flirren, unter vielen zu sein und doch bei sich selbst, verbunden und doch unabhängig, das ist es, das ursprüngliche Glück! Aber das verstehe ich erst jetzt.

Tante Tossja sehnte sich nach ihrer Nonna und fuhr andauernd nach Moskau. Meine Mutter bat sie eines Tages, für mich ein Kleid mitzunehmen.

Tante Tossja war einverstanden. Als sie in Moskau angekommen war, rief sie mich an und teilte mir ihre Adresse mit. Ich fuhr hin, um das Kleid abzuholen.

Ich suchte diese ›Lilienkreuzung‹ lange, und schließlich fand ich sie. Ich stieg eine dunkle Treppe hinauf und klingelte dreimal.

Tante Tossja öffnete mir die Tür und führte mich in die Wohnung.

Zarenkow und Nonna gehörten zwei miteinander verbundene Zimmer in einer Kommunalwohnung mit nur wenigen Bewohnern.

Ich trat auf die Schwelle und war geblendet von dem Luxus. Zwei eigene Zimmer, ein Schlafzimmer und ein Wohnzimmer! Keine alte Frau und kein Hund. Sauberkeit und Gemütlichkeit, Statuen – Damen aus Porzellan mit Kavalieren, beide in Porzellanspitzen. Im Schlafzimmer – ein breites Bett, und darüber hing ein Porträt von Nonna, von dem sie mit nackten Schultern kokettierend herabsah…

Tante Tossja händigte mir das Kleid aus. Ich zog es sofort an. Es war ein deutsches Kleid, rot und schwarz kariert. Der Rock war weit, mit breitem Gürtel. Oben lag es eng an, mit großen Knöpfen geschlossen, die mit dem rotschwarzen Stoff bezogen waren.

Tante Tossja betrachtete mich und sagte: »Paßt wie angegossen.«

Aber Nonna sah nicht mal hin. Sie hatte es eilig, irgendwo hinzugehen, und Tante Tossja nähte ihr den Rocksaum direkt im Stehen um. Tante Tossja drehte ihre Tochter an der Taille herum, Nonna wand sich unter ihren Händen. Ich stand da und spürte, wie sehr Tante Tossja ihre Tochter liebte. Diese Liebe breitete sich über sie beide in einer heißen Welle aus, wie ein reißender Fluß. Und Nonna hätte von dem Dampf bis hoch an die Decke getragen werden können, ohne eine Hand zu rühren und ohne herabzufallen. So sehr dampfte es.

Ich stand da und sah die beiden voll tiefster Sehnsucht an, einsam und verwaist, aber immerhin im neuen Kleid. Das Kleid, das meine Mutter genäht hatte – das war auch ein Teil ihrer Liebe und Fürsorge. Aber was war schon mein Kleid im Vergleich zu den Errungenschaften von Nonna.

Zarenkow war nicht zu Hause, er war unsichtbar und trotzdem präsent. Nonna gab sich mit ihrer Schönheit Mühe für ihren Zaren, und der Höfling – Tante Tossja – diente ihr ergeben und kroch zu ihren Füßen herum, während sie einen Saum begradigte.

Ich kehrte nach Hause zurück und legte mich hin. Gegen Abend bekam ich Fieber, es stieg bis neununddreißig Grad. Dabei war ich nicht mal erkältet. Ich hatte keinen Virus. Nichts tat mir weh.

Man rief den Arzt. Er fand nichts. Niemand verstand das, außer mir: Es war der Neid. Mein Organismus reagierte auf den Stress, der durch den grellen Neid hervorgerufen worden war.

Nachts wachte ich auf und war völlig gesund. An der Decke hing ein Spinnennetz. Darin krabbelte eine Spinne, die gerade ihr Werk vollendete. Ich habe keine Angst vor Spinnen, sie sind hübsch und elegant, und sie sind begabte Erfinderinnen. Ich betrachtete die Spinne und verbeugte mich vor ihr und schwor ihr im stillen: ›Auch ich werde mein eigenes Netz haben, werde mein Zimmer in einer Kommunalwohnung haben. Oder sogar zwei.‹ Von einer eigenen Wohnung wagte ich damals gar nicht zu träumen, das war zu viel. Man mußte sich realistische Ziele setzen. Und so blieb es bei zwei Zimmern in einer Kommunalwohnung und einem eigenen Hund, der mich als Herrin anerkennen würde. Und ich würde meine Grundschule verlassen und dem frischen Wind entgegengehen. Dem Ruhm entgegen ... Ich war wie die Čechovsche Nina Čarečina, phantasierte vom Ruhm und war bereit, dafür jeden beliebigen Preis zu zahlen.

Unweit meines Hauses, in zehn Minuten zu Fuß erreichbar, war das Literaturinstitut. Es war ein altes schönes Gebäude mit langer Tradition. Man nahm mich dort an. Warum? Keine Ahnung.

Ich besuchte das Seminar von Lew Kassil. Er hatte mir erlaubt zuzuhören. Also setzte ich mich in eine Ecke und hörte zu.

Es war ein Seminar über Prosa. Die Studenten beurteilten gegenseitig die Erzählungen, die sie geschrieben hatten. Einer las eine Erzählung vor, das dauerte etwa zwanzig Minuten. Die anderen fünfundzwanzig Minuten wurden zur Beurteilung verwendet. Jeder sagte seine Meinung.

Mir kam es so vor, als müßte der Autor der jeweiligen Erzählung am Ende einen Revolver nehmen und sich erschießen – oder die Beleidiger erschießen. Aber nein ...

Die Beurteilung wurde abgeschlossen, und alle vergaßen sie sogleich, als hätte man einen Knopf für ein anderes Programm gedrückt.

Eines Tages bat ich um Erlaubnis, meine Erzählung vorzulesen. Es wurde mir erlaubt. Die Erzählung hieß ›Über

Gänse‹. Es ging um eine Gans, die zufällig aus ihrer Umzäunung gelaufen war und in die große weite Welt geriet.

Sie hörten mir geduldig zu. Am Schluß schwiegen alle. Es stand ein beredtes Schweigen im Saal. Dann sagte Lew Kassil: »Na ja, es hat was...«

Alle waren einverstanden. Etwas fehlte, aber es hatte auch was. Und das, was da war, wog das, was fehlte, bei weitem auf.

So tastete ich mich langsam in die Literatur vor. Ich suchte mich selbst. Und wer sucht, der findet immer, wie es in einem Lied hieß. Und weiter wurde dort gesungen: ›Wer will, der erkämpft sich was.‹

Wie entsetzlich wäre es gewesen, wenn ich den Schwur, den ich beim Anblick der Spinne tat, nicht versucht hätte zu erfüllen und immer Chorleiterin geblieben wäre: Sopran, Alt, Baß, Terzen und Quarten, Quinten und Dur und Moll. Mein Gott, gibt es überhaupt jemand, dem das gefällt...

Zarenkow inszenierte mit seinen Studenten Čechovs *Die Möwe.* Und er interessierte sich besonders für Čechov als Mensch. Er setzte sich vor das Auditorium, legte Bein über Bein und räsonierte laut: »Čechov, der höchst anspruchsvoll mit sich selbst umging, verstand sich eigentlich als Engländer. Aber das hinderte ihn nicht daran, durch und durch Russe zu sein, und sogar russischer als die meisten Russen. Die meisten Russen waren damals Schmutzfinke, Faulpelze, schlaffe, verdrießliche Menschen, und sie dachten noch, das sei unser Nationalcharakter. Aber das war blanker Unsinn. Durch die Schlamperei geht jeder Stil baden. Das ›na ja, vielleicht‹ und das ›irgendwie‹ bedeutet das

Fehlen jeder Physiognomik. Erhöhte Ansprüche an sich selbst bedeuten erhöhte Individualität. Čechov war der Prototyp des künftigen Russen. So würden die Russen werden, wenn sie ganz Europäer geworden wären... Ohne die liebenswürdige Leichtigkeit der slawischen Seele zu verlieren, würden sie sie bis zur Grazie weiterentwickeln. Ohne Gutmütigkeit und Humor zu vergessen, würden sie lediglich den Zynismus abwerfen. Ohne sich von ihrer Natur zu trennen, würden sie sie nur reinigen. Der russische Europäer – ich stelle ihn mir als nüchternes Wesen vor, wohlerzogen, elegant, gutherzig und gleichzeitig viel und ausgezeichnet arbeitend...«

»So wie Sie«, warf die hübsche Margo Tschernikowa ein.

»Wie bitte?« Zarenkow verstand nicht ganz. War das jetzt unterstützend oder ironisch gemeint?

»Ach nichts«, antwortete Margo. »Haben wir denn heute keine gut erzogenen und begabten Menschen?«

»Zu wenige«, meinte Zarenkow. »Wenn einer Talent hat, dann säuft er garantiert. Der russische Charakter braucht Raum nach allen Richtungen. In Richtung Heldentat, aber auch in Richtung Unverschämtheit. Der Wodka verschiebt die Grenzen des Raumes, macht ihn grenzenlos, im positiven wie im negativen Sinne.«

Er wollte nach Hause. Er sehnte sich nach Nonna. Und sogar wenn er zu Hause war und neben ihr auf dem Sofa saß, sehnte er sich nach ihr. Immer noch blieben einige Pfade ihrer Seele und ihres Körpers ihm verborgen.

Zarenkow trug seine Frau gern auf den Armen von einer Ecke der Wohnung zur anderen. Nonna hatte Angst, daß er sie fallen ließ, und klammerte sich an seinen Hals. Er spürte ihr lebendiges, warmes Gewicht auf seinen Armen und sagte dann: »Hab keine Angst... Ich lasse dich nicht fallen, und ich verlasse dich nie und werde dich nie verlieren...«

»Aber ich habe Angst«, flüsterte Nonna. »Du wirst mich fallenlassen, wirst mich verlassen und verlieren...«

Das war die beste Zeit ihres gemeinsamen Lebens.

Im damaligen Leningrad nahm alles seinen ganz normalen Lauf. Garik verteidigte seine Dissertation, meine Mutter deckte zu Hause den Tisch zur Feier. Ein Restaurant kam aus finanziellen Gründen nicht in Frage. Die Hauptspeisen waren Sülze mit Meerrettich und Dorsch in Tomatensoße. Alle aßen und tranken, und dann wurde gesungen und getanzt.

Der beschwipste Garik machte Lenkas Schulfreundin Flora ausgiebig den Hof. Lenka, die schwanger war, saß mit herausgestrecktem Bauch dabei und war gekränkt. Es war ihr unangenehm, ihren Mann vor fremden Leuten zurechtzuweisen, aber ihr Mann benahm sich wie der letzte Halunke, auch wenn er jetzt ein Herr Doktor war.

Meine Mutter schaute und schaute, dann warf sie Flora raus. Sie rief sie in den Flur, gab ihr den Mantel in die Hand und öffnete die Haustür.

»Was kann ich denn dafür?« fragte Flora beleidigt. »Das war doch er...«

»Und du hast gar nichts damit zu tun, was?«

Garik war gekränkt für Flora und lief ihr hinterher. Lenka schluchzte laut im Baßton. Der Abend war verdorben.

Am nächsten Tag stand eine Klärung an.

Garik fragte die Schwiegermutter: »Mamascha, was müssen Sie auch Ihre Nase in fremde Angelegenheiten stecken?«

»Meine Tochter ist schließlich meine Angelegenheit«, antwortete meine Mutter.

»Ihre Tochter ist erwachsen und selbst schon fast Mutter. Halten Sie sich aus unserem Leben heraus.«

Lenka schwieg. Sie liebte ihren Mann und fürchtete ihre Mutter.

»Macht, was ihr wollt«, hielt meine Mutter ihre Position. »Aber nicht vor meinen Augen.«

Nach ein paar Tagen zogen Lenka und Garik zu seiner Mutter um. So lebte Lenka nun mit ihrer Schwiegermutter unter einem Dach.

Die Schwiegermutter hatte eine eintönige Stimme, es klang wie ein einziger Pfeifton. So pfiff sie und pfiff, von morgens bis abends. Der Text war ganz normal, nicht mal dumm, aber die Stimme... Lenka schloß sich im Bad ein, saß einfach nur da und starrte die Wand an.

Und Flora verschwand, als hätte es sie nie gegeben.

Garik war wieder fröhlich wie immer. Er liebte das Leben an sich und verschwendete keine Zeit auf Zweifel, auf Schwermut und schlechte Laune.

Er schenkte Lenka einen Hut, der wie eine kleine Kirchenkuppel aussah. Ihm gefiel Lenka mit Hut, und er brabbelte vor sich hin, während er sich die Hände rieb und Marschak zitierte: »›Diese Kuh verkaufe ich nicht, so ein Rindvieh brauche ich selbst...‹«

Und ringsumher lachten alle, nicht weil das Zitat so

lustig war, sondern das Lachen in Garik selbst angelegt war. Er war ein Freudenbringer. Mit einem kleinen beigemischten Tropfen Schweinerei. Jeder Stock hat zwei Enden. Und wenn an einem Ende die Freude ist, dann ist am anderen der Kummer. So ist es immer, oder doch fast immer.

Nonna schloß die Schauspielschule ab. Ihr wurde eine Rolle in einem Film angeboten. Die Rolle war nicht die Hauptrolle, aber immerhin die zweitgrößte Rolle im Film.

Eine glänzende Karriere lag vor ihr, doch es geschah etwas Unvorhergesehenes. Nonna wurde schwanger. Ihr Leben änderte sich von Grund auf. Zwei Jahre flogen wie Vögel auf und davon.

Die Frage nach einem Kindermädchen kam auf. Es war doch schrecklich, das hilflose Kind einem fremden Menschen anzuvertrauen. Natürlich bot sich Tante Tossja zuerst als Babysitterkandidatin an. Wer auch sonst?

Nonna dachte nach. Sie verdrängte dumme Vorahnungen. Was konnte schließlich wichtiger sein als das Wohl des Kindes?

Es begann ein komplizierter Tausch. Und es vollzog sich schließlich ein Wechsel. Tante Tossja bekam ein zwölf Quadratmeter großes Zimmer anstelle ihres zwanzig Quadratmeter großen. Ein Verlust an Raum. Aber Moskau war auch nicht Leningrad. Es war immerhin die Hauptstadt...

Tante Tossja zog an der ›Lilienkreuzung‹ ein.

In die Geburtsklinik fuhr sie nicht, denn es gab zu Hause viel zu tun. Als es an der Tür klingelte, fegte sie zur Tür, um aufzumachen. Und auf der Schwelle begegnete sie ihrem Enkel, dessen Name schon ausgesucht war: Antoschka.

Es war Zarenkows zweites Kind. Mit Vita hatte er ja schon eine dreizehnjährige Tochter. Aber für Nonna und Tante Tossja war es das erste und einzige Söhnchen und Enkelkind. Und sie wurden im Duett verrückt durch dieses allumfassende Gefühl.

Zarenkow rutschte in den Hintergrund. Und er wurde schon nicht mehr als Zar, sondern als eine Quelle des Schmutzes und möglicher Infektionen angesehen. Er war eine Bedrohung für Antoschka.

Ihm wurde ein besonderer Teller und besonderes Besteck zugeteilt, wie einem ansteckenden Kranken, und man zwang ihn, bis zu dreimal am Tag zu baden.

Zarenkow fügte sich, oder besser gesagt, er war zu müde, um zu widersprechen. Er liebte natürlich seinen Nachfolger, aber noch viel mehr liebte er seinen Beruf, sich im Berufsleben und den Beruf in sich selbst. Kurz gesagt, er liebte sich selbst in allen Varianten.

Er mochte es, sich in den Sessel zu setzen und mit übereinandergeschlagenen Beinen laut vor sich hin zu philosophieren.

In letzter Zeit interessierte ihn die Verbindung von Kunst und Politik sehr.

»Als Chruschtschow Kritik an Stalin erlaubte, entstand die Tradition, dem groben Stalin den gebildeten Lenin gegenüberzustellen, der es vorzog, sich nicht in die Sphäre der Kunst einzumischen. Und doch ist alles genau umgekehrt.«

»Wie meinst du das?« fragte Nonna verwundert, während sie überschüssige Milch abpumpte. Ihr taten die Brustwarzen weh, aber sie begriff, daß ihr Mann einen Gesprächspartner brauchte.

»Stalin, der ein Bewunderer der Kultur war, behielt sein Leben lang Achtung gegenüber der hohen Kunst und ihren Schöpfern. Bei Lenin fehlte eine derartige Pietät vollkommen.«

Tante Tossja kam herein und sagte: »Häng doch noch das Regal auf...«

»Lenin schrieb an Lunatscharskij: ›Ich empfehle, alle Theater zu Grabe zu tragen.‹ Er konnte Theater nicht ausstehen, er saß keine einzige Aufführung bis zum Ende ab. Oper und Ballett waren für ihn kulturelle Auswüchse der Bourgoisie. Für Stalin dagegen war der Besuch einer Opern- oder Ballettaufführung eines der Hauptvergnügen seines Lebens.«

»Häng doch das Regal an die Wand, solange das Kind noch nicht schläft«, drängelte Tante Tossja.

»Interessiert Sie nicht, was ich erzähle?« fragte Zarenkow.

Tante Tossja interessierte sich nicht für bereits gestorbene Staatsoberhäupter. Ihr war der lebendige, jeden Tag wachsende Enkel wichtiger. Das war der wirkliche Zar.

»Wenn Antoschka eingeschlafen ist, kannst du nicht mehr herumhämmern«, erklärte Tante Tossja.

»Aber ich kann gar kein Regal aufhängen.«

»Du mußt bloß ein paar Nägel einschlagen. Ich hänge es dann selbst auf.«

»Aber ich kann auch keine Nägel einschlagen. Das hab ich noch nie gemacht.«

»Was gibt's denn da zu können... Du haust zweimal auf den Nagelkopf, und fertig ist der Lack.«

»Na, dann hauen Sie doch selbst drauf, wenn es so einfach ist. Oder rufen Sie jemanden, der es kann...«

»Was bist du bloß für ein Mann?« fragte Tante Tossja verwundert. »Mit der Zunge kannst du herumwedeln wie ein Klöppel in der Glocke, aber ein paar Nägel einschlagen, das bringst du nicht fertig.«

»Mama«, mischte sich Nonna ein. »Ljowa ist ein Professor. Wieso soll er Nägel einschlagen können?«

Tante Tossja rief den Nachbarn, der für ein Glas Wodka zwei Nägel in die Wand schlug und das Regalbrett aufhängte.

»Na und?« fragte Zarenkow. »Haben Sie nun die Lage gerettet?«

»Hättest du dir vielleicht was abgebrochen, wenn du die Nägel selbst eingeschlagen hättest?«

Nonna führte ihre Mutter auf den Treppenvorplatz und rang die Hände vor der Brust.

»Mama, bitte, laß Ljowa in Ruhe. Er ist eine Persönlichkeit. Wir müssen ihn alle achten.«

»Und was bin ich?« hielt Tante Tossja dagegen. »Etwa Dreck am Spaten?«

»Er arbeitet. Und er ernährt uns alle.«

»Arbeite ich vielleicht nicht? Renne von morgens bis abends rum wie ein Eichhörnchen im Rad. Mir könnte auch mal jemand ›danke‹ sagen.«

»Wenn du willst, fahr doch zu dir nach Hause, ruh dich aus. Und wir ruhen uns auch aus.«

Tante Tossja hielt der entstandenen Pause stand, wobei

sie die Tochter mit verständnislosem Blick anstarrte. Dann fing sie an, laut loszuschluchzen und Vorwürfe zu äußern.

Aus den Nachbarwohnungen schauten die Nachbarn heraus. Nonna hätte im Erdboden versinken mögen.

Zarenkow kam heraus. Er fragte streng: »Was ist denn los?«

Nonna eilte schnell in die Wohnung zurück und ließ ihre Mutter auf dem Treppenabsatz stehen. Zarenkow folgte Nonna auf dem Fuße.

Es kam ihnen beiden nicht in den Sinn, daß man solche Konflikte leicht mit Liebe hätte heilen können. Man hätte Tante Tossja einfach den Arm um die Schultern legen müssen, ihr ein paar warme Worte zuflüstern in der Art von: ›Du bist doch unsere ganz Fleißige, du unser Arbeitsbienchen...‹

Denn Tante Tossja arbeitete wirklich mit enormem Fleiß und brummte und summte ebenso wie eine Biene. Sie erschuf jeden Tag etwas. Und sie wollte eine Belohnung für ihre Arbeit, wenn auch nur mit Worten. Aber Nonna war ganz mit ihrem Mann beschäftigt. Und Zarenkow war nur mit sich selbst beschäftigt. Und die arme Tante Tossja konnte nur auf dem Treppenvorplatz heulen und um Mitgefühl schluchzen.

So heulte sie weiter. Nonna sagte: »Ich gehe zu ihr.«

Zarenkow verbot es ihr.

»Soll sie doch draußen bleiben. Bald wird sie es schon satt haben.«

Er erzog die Schwiegermutter wie ein Kind. Aber man hätte sie einfach nur lieben müssen.

Doch Tante Tossja zu lieben war nicht einfach.

Sie rief mich oft morgens an, um sich bei mir auszusprechen.

»Stell dir mal vor! Gestern habe ich den halben Tag die Toilette geputzt. Und heute morgen schaue ich hin: Im Becken ist ein fettiger Fleck. Was ist denn das? Steckt der sich eine Kerze in den Hintern?«

»Tante Tossja«, sagte ich streng. »Was reden Sie denn da! Zarenkow ist in Moskau eine berühmte Person. Mit einem so besonderen Menschen zusammenzuleben und nur in die Toilettenschüssel zu schauen …«

»Ach, hör auf!« lenkte mich Tante Tossja ab. »Du hast einen Mann … wenn ich so einen Schwiegersohn hätte, oder einen Sohn …«

Mein Mann war ihr in seinem Charakter verständlich. Und Zarenkow war ihr fremd.

»Ich glaube ihm nicht«, beklagte sich Tante Tossja. »Er ist ein falscher Fuffziger. Sieht aus wie Geld, aber du kannst dir doch nichts dafür kaufen.«

»Aber Nonna liebt ihn doch«, spielte ich meinen Haupttrumpf aus.

»Ja, sie liebt ihn … Weil sie eine Idiotin ist.«

»Sie ist keine Idiotin. Zarenkow ist eine glänzende Persönlichkeit.«

»Es ist nicht alles Gold, was glänzt.«

Tante Tossja verstand einfach nicht, wie man Zarenkow lieben konnte, diesen Schwätzer und Weiberhelden, dieses Falschgeld.

»Na, mach mal halblang, Tante Tossja! Andere sind noch viel schlimmer«, sagte ich versöhnlich.

Anderer Leute Elend wirkte auf Tante Tossja immer wohltuend. Das söhnte sie mit der Wirklichkeit aus.

Meine Schwester hatte bei der Schwiegermutter gewohnt, aber das war noch schlimmer, als bei unserer Mutter zu wohnen. So kehrte sie nach Hause zurück. Ihr Mann Garik blieb bei seiner Mutter. Beide kehrten zu ihren Müttern zurück. Lenka und Garik waren noch nicht erwachsen, und das hatte nichts mit dem Alter zu tun. Manche werden ihr ganzes Leben nicht erwachsen.

Die gesellschaftlichen Erfolge Nonnas ließen mir keine Ruhe, und ich beschloß, Schauspielerin zu werden. Um so mehr, wo ich doch nun zu dieser Welt gute Beziehungen hatte: nämlich Zarenkow.

Ich bat Zarenkow, mich etwas vortragen zu lassen. Nonna nannte mir die Zeit: Mittwoch, elf Uhr vormittags, Auditorium Nummer sieben.

»Aber sei pünktlich«, sagte Nonna streng. »Er muß um zwölf beim Arzt sein.«

»Was hat er denn?« fragte ich teilnahmsvoll.

»Nicht so wichtig«, sagte Nonna abwinkend, und ich erriet: Hämorrhoiden.

Aber das war nicht mein Problem, sondern das von Tante Tossja. Genau um elf Uhr morgens war ich zur Stelle, im Auditorium Nummer sieben. Um Zarenkow zu gefallen, hatte ich meine Luchsfellmütze angezogen. Der Pelz vergrößerte meinen Kopf, ich sah wie eine Tatarin aus.

»Was wirst du vortragen?« fragte Zarenkow.

»Sonjas Monolog, aus *Onkel Vanja*. – Von Anton Pavlovic Čechov«, sagte ich, um es zu präzisieren.

»Schon klar.« Zarenkow bereitete sich auf das Zuhören vor.

Ich war ein überaus kokettes junges Mädchen, aber mit ihm kokettierte ich nicht. Ich hatte kein Gespür für ihn. Er war gut aussehend, aber nicht anziehend.

»Er hat nichts zu mir gesagt«, begann ich. »Seine Seele und sein Herz sind mir immer noch verschlossen, aber wieso fühle ich mich so glücklich? –«

Ich machte eine Pause, als wenn ich in mein Glück hineinspürte.

»Oh, wie entsetzlich, daß ich häßlich bin!« rief ich voller Sehnsucht aus.

Diese Worte passten zu Sonja, aber nicht zu mir. Ich wußte ganz genau, daß ich schön war und mehr als das. Ich war – unergründlich schön. Und deshalb empfand ich es als besonders pikant zu sagen: ›Oh, wie entsetzlich, daß ich häßlich bin …‹

Ich rang die Hände, und der leichte Luchspelz erbebte auf meiner Stirn.

Zarenkow hörte sich den Monolog von Anfang bis zum Ende an. Er stand vom Stuhl auf. Dann ging er von der einen Zimmerecke in die andere. Schließlich wandte er sich um und sagte: »Ihre Fähigkeiten sind gleich null – mit Tendenz zu minus eins. Suchen Sie sich ein anderes Betätigungsfeld.«

Ich hörte ruhig zu und konnte es nicht glauben. Ich spürte, daß in mir etwas war! In mir keimte der Verdacht, daß Nonna ihren Mann gegen mich eingenommen hatte, weil sie keine Konkurrenz wollte. Die zweite Möglichkeit war: Er hatte keine Ahnung. Es gab schließlich genug Professoren, die keine Ahnung hatten. Er war ein falscher Fuffziger.

Ich ging nach Hause.

Und ich beschloß, einen anderen Weg einzuschlagen: Ich wollte auf die Filmhochschule, wollte in der Abteilung für Drehbuchschreiben anfangen. Ich würde Drehbuchautorin werden und mir selbst eine Rolle schreiben.

Und genau das tat ich auch. Ich gab meine Dokumente im VGIK ab. Die Aufnahmeformalitäten liefen. Mein Mann wurde nervös. Er wollte nicht, daß ich zum Film ging, wo wilde Sitten herrschten und große Versuchungen warteten. Er wollte, daß ich nur ihm gehörte – und er auch nur mir gehörte. Lieber abseits der grellen Scheinwerfer leben, abseits von Ruhm und Geld, die, wie man ja wußte, die Menschen nur verdarben.

Aber ich wollte genau die grellen Lichter, den schönen Schein, Ruhm und Geld, die immer als Paar auftraten.

Mein Mann und ich hatten verschiedene Werte. Seine Mutter, meine Schwiegermutter, litt mit ihrem Sohn. Sie verstand, daß wenn ich einmal aus dem Gatter heraus wäre, genau wie die Gans, über die ich geschrieben hatte, er mich nicht würde wieder einfangen können. Aber sie verstand auch mich. Und hielt zu mir. Sie verstand es, mich über die familiären Interessen zu stellen, und dadurch unterschied sie sich sehr stark von Tante Tossja.

Ich zog los, um in der Filmhochschule die Aufnahmeprüfung zu bestehen. Nachdem ich durchgefallen war, kehrte ich wieder nach Hause zurück. Statt einer Handtasche trug ich damals einen kleinen roten Koffer bei mir, ähnlich den heutigen Aktenkoffern. Ich betrat das Wohnzimmer. Die ganze Familie saß beim Mittagessen. Sie hörten auf zu kauen und starrten mich durchdringend an.

Ich hätte sagen müssen: ›Ihr könnt euch freuen, ich bin durchgefallen.‹

Oder vielleicht auch ohne ›ihr könnt euch freuen‹. Bloß, daß ich durchgefallen war. Aber ich konnte es nicht aussprechen.

Ich warf mein rotes Köfferchen an die Wand und heulte los. Dann fiel ich aufs Sofa, mit dem Gesicht nach unten. Und heulte weiter in die Kissen, erstickt, aber trotzdem herzzerreißend.

Mein Mann und seine Familie, Vater, Mutter und seine Schwester, schauten sich schweigend an. Sie standen leise auf und stellten sich um mich herum, wie ein kleiner Vogelschwarm um ein aus dem Nest gefallenes Junges.

Sie litten ehrlich mit, teilten meinen Kummer und hätten alles getan, damit ich nicht so bitterlich weinen mußte.

Abends brachte meine Schwiegermutter die Nachbarin herüber, die gut im Kartenlegen war.

Die Nachbarin legte mir die Karten und sagte: »Zuerst wird es nichts – da, die schwarze Karte. Das ist der Tiefschlag. Aber dann kommt ein gütiger König, der mit dir ein Gespräch führen wird, und man wird dich doch noch annehmen. Da, sieh! Das ist der König. Da ist die Erfüllung der Wünsche.«

Alle sahen hoffnungsvoll auf die Kartenlegerin. Alle wollten, daß ihre Voraussage wahr würde. Und sie wurde tatsächlich wahr.

Ich wandte mich tatsächlich an einen gutmütigen König,

der führte ein Gespräch mit dem Direktor der Filmhochschule – und ich wurde aufgenommen. Ich trat ins kinematographische Institut ein.

Mein Mann freute sich für mich. Er wuchs über sich selbst hinaus. Und auch meine Schwiegermutter freute sich. Sie verstand: Man darf niemanden unterdrücken oder anders machen wollen. Freiheit – das ist das Herzstück des Glücks.

Später sagte meine Schwiegermutter zu mir: »Du hast dich selbst erfunden …«

Sie hat meine Siege nie übertrieben, aber auch nicht kleiner gemacht. Sie war selbst ein ungewöhnlicher Mensch. Und ›je interessanter ein Mensch, desto mehr interessante Geister sieht er um sich her‹. Wessen Gedanke war das? Ich weiß nicht mehr. Aber ist das nicht egal?

»Stell dir mal vor!« sagte Tante Tossja, und ihre Stimme im Telefonhörer klang heiser und rachedurstig. »Heute sehe ich, wie er vor dem Spiegel am Schrank steht und sich von oben bis unten betrachtet.«

»Nackt?« fragte ich verständnislos.

»Wieso nackt? Nein, im Anzug. Er wollte zur Arbeit. Er hat seine Haare mit einem nassen Kamm gekämmt. Und im Kamm war Watte.«

»Wozu?«

»Um die Schuppen rauszukämmen.«

»Na, ist doch gut«, sagte ich.

»Er kämmt sich und steht da und schaut sich an. Ich denke: Was guckt der denn? Da knöpft er sich den Schlitz auf und legt die Eier von der einen Seite auf die andere.«

»Was für Eier denn?« fragte ich verständnislos.

»Na, was haben Männer denn für Eier?«

»O Gott!« sagte ich nur. »Wo schauen Sie auch hin?«

»Und dann nahm er sie und legte sie wieder zurück. Genau so, wie sie vorher waren«, fuhr Tante Tossja fort.

»Wozu das denn?«

»Na, damit es besser aussieht.«

»Der Mann tritt in einem Auditorium vor jungen Studenten auf. Da darf er kein Detail vernachlässigen. Was ist da so Besonderes dran?« verteidigte ich ihn.

»Jetzt sag mir bloß, wieso ein verheirateter Mann seine Eier von einer Seite auf die andere schieben muß? Wem will er denn gefallen? Glaube meinen Worten: Er ist ein Schürzenjäger. Er wird meine Nonna verlassen, wird sie abschütteln wie Rotz am Finger. Du wirst schon sehen.«

Ich erschauerte vor Anteilnahme.

»Erstens wird er sie nicht sitzenlassen«, entgegnete ich. »Und zweitens, wenn doch, dann nur wegen Ihnen. Sie machen aus dem Leben der beiden einen Misthaufen.«

»Ich?!« fragte Tante Tossja ehrlich erstaunt. »Ich schinde mich hier ab wie ein Zirkuspferd. Alles hängt an mir. Was würden die denn ohne mich machen? Die würden doch bis über beide Ohren im Dreck versinken.«

»Ja, wenn Sie nur alles erledigen würden und ansonsten schwiegen«, träumte ich laut vor mich hin.

»Ja, ja... eine stumme Arbeitssklavin...«

Ich begriff: Tante Tossja betrachtete die Welt durch ein verrußtes Fenster. Das war ihre Sicht der Dinge. Und außerdem brauchte sie noch den Konflikt. Der Konflikt schuf die Dramaturgie. Und ohne Drama war die Welt langweilig, unbewegt wie ein stehender Sumpf.

»Wie geht es Antoschka?« wechselte ich das Thema.

Sofort änderte sich ihre Stimme. Tante Tossja redete schon nicht mehr, sondern sang eine Hymne auf ihren kleinen Gott.

»Da sag ich zu ihm: ›Antoschetschka…‹ Und er schaut mich an und sagt: ›Baba-Sjaba…‹«

»Und was soll das heißen?«

»Na, Baba-Shaba«, übersetzte Tante Tossja. »So ein kluges Kerlchen. Stell dir vor, daß er so was schon sagt…«

Tante Tossja war bereit, sich von ihrem Enkel einfach alles anzuhören. Ihr Herz war voller Liebe, Glück und Erfüllung.

Das Haus der Generalswitwe ging irgendwann völlig zu Bruch und wurde abgerissen. Wir kehrten zu den Eltern meines Mannes zurück. Ich studierte an der Filmhochschule, arbeitete nebenher, ich unterrichtete zwei Tage die Woche. Ich hatte fünfzehn Gesangsschüler, die einer nach dem anderen kamen. Ich schaffte es nicht einmal, etwas zu essen.

Wenn ich abends nach Hause kam, war ich völlig erschöpft. Ich konnte nur noch das Wort »Essen!« herausbringen und sank auf einen Stuhl.

Meine Schwiegermutter stellte mir in Windeseile gefüllte Teller auf den Tisch. Und mein Schwiegervater setzte sich mir vis-à-vis und schaute zu, wie ich aß. Es war ein Spektakel.

Ich verschlang das Essen wie ein Staubsauger, zog alles in mich hinein, was auf dem Tisch stand. Ich aß mit Begeisterung und Leidenschaft, labte mich an dem Prozeß. Und beim Essen zeigte sich mein wahres Wesen: es war naiv, gutmütig, leidenschaftlich und primitiv.

Der Vater meines Mannes freute sich ehrlich für mich: Erst war ich hungrig, dann wurde ich satt, schob den Teller weg und war glücklich.

Aber meine Schwiegermutter sah mehr als die anderen. Sie verstand, daß ich mehr auf mich nahm, als ich vertragen konnte. Ich studierte, arbeitete, verdiente Geld. Sie kannte den Preis, den ich dafür zahlte, und der war hoch. Ich spürte die innere Verbindung zu mir und liebte sie dafür.

Sie und ihr Mann wurden zu meiner Familie.

Die Zeit verging. Zarenkow erhielt eine Dreizimmerwohnung im Zentrum.

Tante Tossja bekam ihr eigenes Zimmer. Nonna und Zarenkow hatten ihr eigenes Schlafzimmer. Und das Wohnzimmer wurde ›der Saal‹, wie Tante Tossja es nannte.

Im ›Saal‹ standen der Fernseher und ein großer Eßtisch. Um ihn drängten sich die Gäste.

An den Tagen, an denen sie Besuch hatten, buk Tante Tossja Blinis und bereitete alles möglich dazu vor: eingelegten Hering, Wodka, Sauerkraut, und sogar Salate wikkelte sie in Blinis ein. Das war unvergleichlich lecker und kostengünstig, aber es machte viel Arbeit. Tante Tossja wurde davon ganz rot im Gesicht und keuchte vor Anstrengung.

Die Gäste lobten die Bewirtung und dankten Tante Tossja. Sie blühte auf, auch wenn sie ganz außer Atem war. Sie brauchte unbedingt Anerkennung und Belohnung.

Zarenkow hielt wie früher seine Volksreden, diesmal

zum Thema Maxim Gorki. Genauer gesagt, es ging um die Figur der Wassa Shelesnowa in der Darstellung der berühmten Schauspielerin Paschennaja.

Die Paschennaja war dem Aussehen nach zwischen sechzig und siebzig. Aber Wassa hatte Kinder, junge Mädchen unter zwanzig. Also konnte Wassa höchstens vierzig sein. Die Frage war: Was machte dann die Paschennaja, eine alte Frau, noch dazu breit wie ein Schrank, auf der Bühne?

Alle lauschten dem Zaren, dachten daran, daß die Zeit tatsächlich fast unbemerkt vergangen war und wie sie die alten Abgötter hatte über Bord gehen lassen: die Paschennaja, die Knipper, die Tarassowa. Die Tarassowa war inzwischen nur noch eine alte Tante mit blecherner Stimme, der Traum eines Generals im Kampf.

Tante Tossja konnte solche Schändung der Heiligtümer nicht ertragen. Eine Postkarte mit der Tarassowa, die sie an einem Zeitungskiosk gekauft hatte, stand in ihrem Zimmer auf der Kommode neben dem Foto ihrer Mutter.

»Aber dafür achteten sie die Gebote«, entgegnete Tante Tossja. »Die fürchteten Gott noch. Und ihr, ihr Modernen, ihr übertretet jegliches Gebot, eines nach dem anderen.«

»Welches denn, beispielsweise?« fragte der Kritiker Ponarowski interessiert.

»Du sollst Vater und Mutter ehren, erstens mal«, sagte Tante Tossja und streckte einen Finger auf. »Du sollst dir keinen Götzen schaffen, zweitens.«

Nonna erriet, daß damit sie und Zarenkow gemeint waren.

»Du sollst nicht die Frau deines Nächsten begehren, drittens«, fuhr Tante Tossja fort.

»Richte nicht, auf daß du nicht selbst gerichtet wirst, viertens.«

»Du sollst kein falsches Zeugnis ablegen, fünftens«, sagte Zarenkow vor.

»Du sollst nicht Unzucht treiben, Nummer sechs«, nahm jemand aus der Tischrunde den Faden auf.

»Kurz gesagt, verbreite keine Gerüchte, lüge nicht, und bums nicht rum«, spitzte Ponarowski die Sache zu.

»Aber ohne das ist das Leben doch uninteressant, völlig langweilig, und überhaupt nicht zu bewältigen.«

»Dafür hast du ja die Gebote. Um es zu schaffen. Um die Versuchungen abzuwehren.«

»Und was ist mit ›du sollst nicht stehlen‹ und ›du sollst nicht töten‹?«

»Das ist am leichtesten«, sagte Tante Tossja. »Nicht töten ist leichter als töten. Und stehlen ist unangenehm, wenn man nicht dran gewöhnt ist.«

Aus der Küche drang Rauch ins Wohnzimmer. Einer von den Blinis war in der Pfanne verbrannt. Tante Tossja sauste in die Küche.

»Die alte Dame hat recht«, bemerkte Ponarowski.

»Was für eine alte Dame?« fragte Nonna beleidigt. »Sie ist erst fünfzig. Zwanzig Jahre jünger als die Paschennaja…«

Sonntags wurde Zarenkow von seiner Tochter besucht, der dreizehnjährigen Xenia.

Xenia war ganz der Vater, aber das, was bei einem Mann gut aussah, war bei einem jungen Mädchen eher fehl am Platze: die Größe, die Beleibtheit… Die Jungen in der

Schule beachteten sie nicht oder – schlimmer – ärgerten sie mit Schimpfworten. Xenia litt.

Zarenkow liebte seine Tochter, aber er war unfähig, mehr als zwanzig Minuten mit ihr zu verbringen. Er wußte einfach nicht, was er mit ihr reden sollte. Es wurde ihm langweilig, er schickte sie zu Nonna und wälzte sich selbst aufs Bett für einen Nachmittagsschlaf.

Nonna steckte selbst bis zum Hals in Arbeit: das Kind, ihre Rollen, Sprechunterricht.

Da nahm Tante Tossja das Mädchen zu sich in die Küche und lehrte sie kochen. So machten sie zusammen Rohkostsalate.

Tante Tossja schabte eine Karotte für Xenia, und Xenia knabberte an ihr.

Tante Tossja sah das Mädchen von der Seite an und empfand Gewissensbisse. Man hatte ihr den Vater weggenommen. Hatte sie verletzt. Das Kind wurde hin und her gerissen. Tante Tossja wußte: Solche Wunden vernarben nie richtig. Sie bleiben für immer. Und je weniger schön Xenia war, um so mehr tat sie ihr leid.

Zarenkow war unfähig, an etwas anderes zu denken als an sich selbst. Aber er hatte auch Schuldgefühle. Um die zu dämpfen, machte er Xenia Geschenke, sinnlos teure, beispielsweise einen Plüschbär in Menschengröße.

»Wozu das denn?« fragte Tante Tossja. »Als Staubfänger?«

»Schweig«, bat Nonna. »Soll er machen, was er will.«

»Das ist mein Geld und meine Tochter«, ging Zarenkow dazwischen.

Tante Tossja blies verächtlich die Backen auf. ›Mein

Geld‹ schien ihr eine Anspielung zu sein. »Ich bringe auch meine Pension mit ein«, erinnerte ihn Tante Tossja.

»Und was ist das schon, Ihre Pension? Diese ›Waisengroschen, von Tränen übergossen‹ …«

Das waren die Worte aus irgendeinem Stück. Aber Tante Tossja las keine Stücke. Sie warf den Löffel auf den Boden und ging in ihr Zimmer. Ein paar Sekunden später erklang von dort Wolfsgeheul.

»Ich kann nicht mehr. Sie soll heimfahren«, bat Zarenkow.

»Und was ist mit Antoschka?« fragte Nonna verstört.

»Wir geben ihn in eine Krippe. Wie alle Kinder.«

»In einer Krippe wird er krank und stirbt.«

»Dann soll sie ihn mitnehmen.«

»Ja wohin denn? In die Kommunalwohnung?«

Nonna begann zu zittern. Jeder ihrer Nerven war angespannt wie eine Saite, bereit, jederzeit zu zerspringen.

»Dann weiß ich auch nicht weiter«, resignierte Zarenkow. »Ich habe schon keine Lust mehr, nach Hause zu kommen. Verstehst du?«

Nonna hätte am liebsten gesagt: ›Dann komm nicht mehr.‹ Aber sie beherrschte sich, machte sich einen Knoten in die Zunge.

In letzter Zeit bemerkte Zarenkow langsam, wie ähnlich sich Mutter und Tochter waren: Beide hatten denselben Gang, mit leicht vorgestrecktem Kopf. Beide hatten dasselbe schiefe Lächeln: der rechte Mundwinkel höher als der linke … Früher einmal hatte ihm dieses Lächeln gefallen, genau wie der Gang, aber die Ähnlichkeit mit der Mutter tötete alles.

Zarenkows Mutter war Lettin. In ihrem Hause wurden Arbeit, Disziplin und Zurückhaltung kultiviert. So war er aufgewachsen. So war er es gewohnt.

Seine Mutter sagte immer: »Wenn die Nächsten immer um einen herum sind, läßt man sich schnell gehen… Deshalb ist es besonders wichtig, innerhalb der Familie die Contenance zu bewahren.«

»Vielleicht sollten wir eine Kinderfrau nehmen?« überlegte Nonna laut.

»Ich ertrage keine fremden Leute im Haus«, sagte Zarenkow. Er wollte die Schwiegermutter nicht ertragen, wollte keine fremden Menschen im Haus. Also sollte wohl Nonna Kindermädchen und Hausangestellte spielen. Und was war mit ihren Träumen? Und mit der hohen Kunst?

Nonna begann zu weinen. Zarenkow empfand ihre Tränen als Erpressung.

Er zog sich an und ging weg.

Eines Nachts bekam Tante Tossja Kopfschmerzen. Offensichtlich ging ihr Blutdruck in die Höhe. Da fiel ihr ein, daß sie am Vortag ihre Medizin auf dem Nachttischchen neben Nonnas Bett gelassen hatte. Tante Tossja zog ihren Hausmantel über, ging ins Schlafzimmer und machte das Licht an. Zarenkow lag dick und breit auf dem Rücken, wie ein Baron, und ihre unglückliche Tochter kauerte sich irgendwo bei seinen Beinen zusammen.

Tante Tossja verstand überhaupt nichts. Dann reimte sie sich zusammen: Diese Tätigkeit nannte sich ›französische Liebe‹. Was diese Franzosen sich alles ausdachten… Tante Tossja war wie zur Salzsäule erstarrt.

Zarenkow öffnete die Augen, sah Tante Tossja in Lebensgröße und zerrte die Decke über sich. Die arme Nonna blieb unter der Decke ohne Luft und im Dunkeln.

»Raus!« befahl Zarenkow.

»Ich bin ja nur wegen der Tabletten gekommen«, erklärte Tante Tossja, ging zum Nachttisch und nahm die Medizin an sich.

»Ihr habt wohl überhaupt weder Scham noch Gewissen!« kommentierte Tante Tossja, als sie aus der Tür ging. Sie konnte einfach nicht schweigend rausgehen.

Tante Tossja entfernte sich. Nonna krabbelte unter der Decke hervor.

Zarenkow schwieg ostentativ. Das war schlimmer als jeglicher Eklat. Besser hätte er herumgeschrien, seinen Protest laut ausgedrückt, aber er schwieg. Sein Protest blieb in seinem Inneren und fraß sich in seine Brust und in sein Herz hinein.

Dann begann Zarenkow einen neuen Kurs.

Der Kurs erwies sich als äußerst interessant und vielversprechend. Noch viel versprechender war ein junges Mädchen aus Charkow mit dem idiotischen Familiennamen Loboda.

Charkow war eine mystische Stadt. Sie hatte bereits viele auffallende Talente hervorgebracht und in die Hauptstadt gesandt.

Loboda war mit niemandem befreundet, gehörte keiner Clique an. Sie war ganz allein. Und sie wollte niemandem gefallen, was für eine Schauspielerin geradezu widernatürlich ist. Schauspielerinnen wollen allen ohne Ausnahme gefallen. Das Stereotyp einer jungen Schauspielerin war: große Augen, klimpernde Wimpern, gute Figur, tolle Beine, die seelische Flachheit der Jugend. Eine Jugend, die von sich selbst begeistert ist. In der Jugend meint man immer, daß vor einem selbst noch nichts existiert hat.

Loboda durchbrach dieses Klischee. Sie schmückte sich nicht und schminkte sich nicht. Zarenkow erinnerte sich nie, was sie angehabt hatte. Das gefiel ihm. Man sollte zuerst den Menschen und dann seine Kleidung bemerken, und nicht umgekehrt. Sie erkannte keinerlei Autoritäten an, war sich selbst Autorität genug. Sie war eine früh gereifte Persönlichkeit. Zarenkow gefiel sich darin, daß er in ihrer Gegenwart schüchtern wurde.

Eines Tages während der Übungen in der Meisterklasse schlug Zarenkow eine neue Technik vor: Um eine Pause einzuhalten, konnte man dem Partner ins Gesicht sehen und die Wimpern um seine Augen zählen. So blieb die Spannung bestehen.

Zarenkow unterrichtete schon lange, er hatte für jede Situation etwas aus der Trickkiste der Schauspielkunst parat. Er würde sich doch nicht jedesmal etwas Neues ausdenken. Es war doch längst alles erfunden.

Die Studenten waren erfreut und arbeiteten eine Szene aus, in der sie sich gegenseitig die Wimpern zählten.

Loboda stand nur dabei.

»Sind Sie nicht einverstanden?« fragte Zarenkow.

»Für mich ist die Bühne ein Altar und kein Pferdestall.«

»Die ersten fünf Jahre ist es ein Altar, dann ein Pferdestall. Und Sie sind das Pferd. Das ist nicht nur Kunst, sondern auch Handwerk.«

Loboda antwortete nicht. Aber es war klar, daß sie so ein Konzept verabscheute.

Zarenkow kränkte der Ungehorsam von Schülern. Er war daran gewöhnt, daß er als unumstößliche Autorität betrachtet wurde.

In der Übungsaufführung gab Zarenkow Loboda eine Charakterrolle, eine klar komödiantische. Aber Loboda spielte sie ganz ernst und sehr persönlich engagiert. Sie belustigte niemanden absichtlich, durchlebte jede Sekunde ganz und gar.

Zarenkow wurde klar, daß hier ein großes Talent den Theaterraum betrat. Ein künftiger Star. Er verstand sich darauf, so etwas zu erkennen. Er selbst hatte das Talent, andere Talente zu erspüren.

Loboda gab nichts auf Lob. Sie wußte selbst alles über sich. Sie war mit einem Schlag eine Erwachsene geworden.

Ich studierte damals im vierten Semester an der Filmhochschule und schrieb an einer Drehbuchskizze zu *Fitilija*. Zwei Seiten.

Mein Vorschlag wurde angenommen. Ich bekam Geld dafür und kaufte damit einen Fernsehapparat. Aber das war noch nicht alles. Ich zeigte diese zwei Seiten einem berühmten Schriftsteller. Er las es in meiner Anwesenheit und sagte: »Ihre Stärke liegt in den Details. Schreiben Sie genauer.«

Ich habe diese Geschichte schon oft erzählt und riskiere, mit meiner Wiederholung zu langweilen. Aber aus einem Lied kann man nicht einzelne Worte hinausschmeißen. So wie es war, so war es nun mal.

Ich kam mit meinen zwei Seiten nach Hause, setzte mich

an den Eßtisch, denn einen Schreibtisch hatte ich nicht, und schrieb die zwei Seiten detaillierter um. Es wurden zweiundvierzig.

Dann lud ich eine Stenotypistin ein, keine Ahnung mehr, woher ich die kannte, aber ich erinnere mich an ihren Namen: Kira Napoleonowna.

Ich diktierte ihr meine zweiundvierzig Seiten und kicherte von Zeit zu Zeit über den Text. Kira Napoleonowna lächelte schüchtern, nicht über den Text, sondern darüber, wie ich lachte.

Mittags aßen wir zusammen. Unser Mittagessen nannte sich ›Bauernfrühstück‹. Kartoffel, grüne Erbsen, ein paar Stückchen Wurst, Paprikaschote. All das warf ich in eine Pfanne, briet es an und schlug dann Eier darüber. Das Wichtigste war, daß es beim Braten nicht austrocknete.

Wir aßen dieses unraffinierte Gericht mit offensichtlichem Genuß, denn die Hauptsache dabei war der richtige Moment: genau dann zu essen, wenn man Hunger hat.

Der richtige Moment ist eine große Kraft.

Im richtigen Moment lieben – nicht zu früh und nicht zu spät. Im richtigen Moment sterben. Im richtigen Moment berühmt werden…

Die Erzählung schickte ich an eine Zeitschrift, und sie wurde gedruckt. Die Literaturkritik wurde auf mich aufmerksam. In der Zeitschrift *Fragen der Literatur* kam ein großer Artikel, in dem die größten Namen vereint waren: Aksjonow, Schukschin, Gorenschtejn – und ich mitten unter ihnen. Wer waren sie und wer ich? Ein Mädchen aus der Vyborgskajer Gegend. Obwohl… das Dorf Sorostki, in dem Schukschin aufgewachsen ist, war viel weiter weg und viel provinzieller als mein Stadtviertel.

Meine Mutter rief an und fragte: »Wer hat das für dich geschrieben?«

Es ging ihr einfach nicht in den Kopf, daß ich selbst zu so etwas fähig sein könnte. Der Prophet gilt eben nie was im eigenen Land.

Alles, was dann geschah, wurde später als eine Aneinanderreihung von Zufällen angesehen.

Ein Zug fuhr ›von irgendwoher ins Irgendwohin, die Räder rattern, aber der Zug fährt und fährt‹, wie es in einem Volkslied hieß. In einem Waggon saßen zwei Schauspieler, ein Mann und eine Frau. Beide jung und schön. Sie waren kein Liebespaar. Aber sie hatten in einem Odessaer Filmstudio zusammen einen Film abgedreht.

Während eines längeren Aufenthaltes sprang der Schauspieler aus dem Zug, kaufte bei einer Bäuerin auf dem Bahnsteig einen Eimer mit Äpfeln – und eine Zeitschrift mit meiner Erzählung. Sie wurde am Zeitungskiosk verkauft.

Dann kehrte der Schauspieler ins Zugabteil zurück, kletterte auf sein Hochbett, und da er Langeweile hatte, las er meine Erzählung. Dann hielt er die Zeitschrift seiner Kollegin hin und sagte: »Da, lies mal.«

Die Schauspielerin putzte mit einem Lappen einen Apfel sauber, setzte sich bequem in die Ecke am Fenster und las die Erzählung. Dann steckte sie die Zeitschrift in ihre Handtasche. Zu Hause zog sie die Zeitschrift aus ihrer Tasche und sagte zu ihrem Mann: »Da, lies mal!« Abends vor dem Schlafen knipste der Mann die Nachttischlampe an und fing an zu lesen. Er las die Erzählung ganz durch und rief sofort seinen Geschäftsführer an. Der Mann war nämlich künstlerischer Leiter der Mosfilm-Studios, ein hohes Tier.

Er sagte zu dem Geschäftsführer, einem älteren und schlauen Armenier: »Rufen Sie die Autorin an, und schließen Sie einen Vertrag mit ihr.« Dann erklärte er, welche Autorin und wie die Erzählung hieß.

Der Armenier sah auf die Uhr, es war nämlich zwei Uhr nachts.

»Hättest du mich nicht morgen anrufen können?« sagte der Geschäftsführer vorwurfsvoll.

»Morgen ist es zu spät. Da hat sie schon ein anderer gekauft…«

Um zehn Uhr morgens klingelte in meiner Wohnung das Telefon. Es war ein Redakteur der Filmstudios. Er lud mich in salbungsvollem Ton ein, um elf Uhr ins Studio zu kommen, dritter Stock, Arbeitszimmer Nummer zehn.

Das mußte man mir nicht zweimal sagen. Die Kinostudios waren damals die Fabrik der Träume. Meiner Träume. Wie oft hatte ich von dem Moment geträumt, in dem man mich in die Kinostudios einladen, mit mir einen Vertrag abschließen würde, und mein Ruhm würde sich verbreiten wie ein Lauffeuer, es würde aufflammen und alles verbrennen. Und ich würde nicht einfach nur ›ich‹ sein, sondern ›ich‹ plus noch ein Jemand, der von Gott geküßt worden war, und zwar mitten auf den Scheitel.

Um elf stand ich vor dem Chefredakteur. Neben mir drückte sich der schlaue Armenier herum und sah verträumt in die Ferne.

Ich dachte: ›Er überlegt sich wohl schon das Konzept für den Film.‹ Aber später stellte sich heraus, daß er darüber nachgedacht hatte, um wieviel er mich wohl übers Ohr hauen konnte.

Der Redakteur bekam den Vertrag.

»Haben Sie Ihren Paß dabei?« fragte er.

»Nein. Den hab ich verloren.«

»Und wie sind Sie hier in die Studios gekommen?«

»Mit meinem Studentenausweis.«

Der Redakteur sah den Geschäftsführer an.

»Wissen Sie die Angaben auswendig?« fragte der schlaue Armenier.

»Die vom Studentenausweis?« fragte ich verständnislos.

»Nein, die vom Paß ...«

»Ja, die weiß ich.«

»Na, dann ist ja alles klar.«

Und so schloß er den Vertrag mit mir, weil man fürchtete, daß mich ein anderer kaufen würde, sobald ich auf den Korridor hinausginge.

Es war Sommer. Wir lebten auf der Datscha, hatten irgendeine Bruchbude gemietet.

Ich kam zu der Bruchbude und sagte zu meinem Mann: »Ich will mir die Haare waschen. Gieß mir Wasser über den Kopf.«

Mein Mann machte Wasser in einem Blecheimer warm, dann goß er es mir über die Haare. Ich stand mit gesenktem Kopf da und zitterte wie Espenlaub. Das war der Streß.

Es stellte sich heraus, daß Glück auch ein Streß ist, und mein Organismus reagierte auf die übergroße Spannung.

Das war der allerglücklichste Tag in meinem Leben. *Ich* hatte mich gefunden – und *man* hatte mich gefunden.

Aber es gab noch einen ›allerglücklichsten‹ Tag.

Ich mußte ins Krankenhaus mit Verdacht auf eine Bauchhöhlenschwangerschaft. Es drohte eine Operation, Schmerzen und Angst. Und möglicherweise ein genereller Verzicht auf Mutterschaft. Ich würde Folterqualen erdulden und vielleicht mein ganzes Leben unfruchtbar bleiben. Ich bekam Panik, weinte, zürnte meinem Schicksal.

Neben mir lagen Frauen mit Knochentuberkulose, es war eine spezialisierte Klinik. Diese Frauen waren schief und krumm und hinkten, jede auf eine andere Weise, aber sie trugen ihr Kreuz voller Tapferkeit. Sie sahen auf mich herab, wegen meiner Feigheit und weil ich jung war, heil und ohne ersichtlichen Defekt.

Der behandelnde Arzt Efim Abramowitsch hatte auch kein Mitgefühl mit mir, und wenn ich ihn mit Fragen löcherte, dann winkte er nur ab, mit einer Geste, wie wenn man Bienen verscheucht.

Einmal verletzte ich die Regeln der Station. Mein Mann war gekommen, und wir gingen auf dem Klinikgelände spazieren. Ich kam zum Abendessen zu spät.

Am nächsten Morgen warf man mich mit Schimpf und Schande hinaus.

Efim Abramowitsch sagte: »Wir behalten hier niemanden, der sich nicht an unsere Regeln hält.«

»Und was ist mit meinem Eileiter?« fragte ich verwundert.

Ich wußte, daß sich der Embryo im Eileiter entwickelte, und das konnte tödlich sein.

»Was denn für ein Eileiter?« winkte der Arzt ab. »Sie sind ganz normal schwanger, in der achten Woche...«

Das Schicksal hatte sich um hundertachtzig Grad gedreht: Keinerlei Operation, und in sieben Monaten würde ich mein Kind, ein erwünschtes, lang ersehntes, in den Armen halten.

Man fragt sich, wieso sie mich rausgeworfen hatten. Man hätte mich doch ganz normal entlassen können.

Am liebsten hätte ich den Arzt gefragt: »Wozu brauche ich dann euer mieses Krankenhaus?«

Aber das wäre unhöflich gewesen, darum fragte ich: »Kann ich von hier aus telefonieren? Mein Mann soll mir meine Sachen bringen.«

»Rufen Sie an. Aber kurz. Nur zwei Worte.«

Ich rief an und sagte fünf Worte: »Ich bin entlassen, bitte komm.«

»Wieso denn das?« fragte mein Mann verständnislos.

»Es ist alles in Ordnung«, fügte ich nochmals fünf Worte hinzu.

Mein Mann kam. Er brachte meine Sachen. Ich stand im Zimmer am Fenster und zog mich an. Ich warf alles Kasernenhafte und Krankenhausmäßige ab und zog wieder meine eigenen Sachen an. Jetzt würden mein Mann und ich dieses Jammertal der Qualen verlassen und in ein anderes Leben gehen. Wir würden zusammen ein Kind erwarten, einen Namen für es ausdenken, auf dem Markt vitaminreiche Karotten und Äpfel kaufen, damit unser Kind sich gut entwickelte.

Mein Mann stand in der Nähe und lächelte. Sein Lächeln hatte etwas Kindliches, wahrscheinlich hatte er im Kindergarten genauso gelächelt.

Wir nahmen uns an der Hand und gingen weg. Und wie wir gingen… Wir schwebten zehn Zentimeter über der Erde.

Um uns her war ein ganz gewöhnlicher schmutziger Stadtfrühling mit Sonnenflecken auf dem tauenden Schnee.

Eine alte Frau im weißen Kittel verkaufte Kohl. Wir blieben stehen und kauften einen Kopf. Die Frau nahm unser Geld und wollte uns herausgeben. Aber wir gingen schon weiter. Mein Mann trug den Kohlkopf wie eine Siegestrophäe.

Das war mein zweiter allerglücklichster Tag. Ich hatte meine Unsterblichkeit gewonnen. Meine Tochter hat die gleichen Augen wie ich, und meine Enkelin hat dasselbe Lachen und dieselbe Beinform. Beide tragen einen Teil von mir weiter. Und es stimmt: Ganz sterbe ich nicht…

Ich feierte meine zwei allerglücklichsten Tage ohne Fanfaren. Beim ersten habe ich mir einfach die Haare gewaschen. Beim zweiten habe ich einen Kohlkopf gekauft.

Nonna arbeitete am Theater. Sie bekam dort Rollen. Nicht die Hauptrollen, aber auch nicht die unwichtigsten.

Zarenkow blieb der Zar auf dem Niveau der Schauspielschule und Studios. Aber weiter reichte seine Macht nicht mehr. Und bitten konnte und wollte er nicht Er hatte seine eigenen Vorstellungen von Würde. Seine Schüler kämpften sich irgendwie allein durch. Einer hatte Glück, ein anderer nicht.

Nonna konnte sich nur auf sich selbst verlassen. Und das tat sie auch.

Sie bekam eine Rolle in einem Stück über Stalins Lager.

Nonna beschloß, die entsprechende Literatur zu lesen, denn um eine Heldin zu verstehen, muß man eine Vorstellung von der Zeit haben, in der die Figur agiert.

So wollte Nonna zu Ponarowskij, der eine gute Bibliothek hatte. Dort konnte man einfach alles finden.

Bevor sie zu ihm fuhr, rief sie ihn an. Die Nummer war lange besetzt, also war Ponarowskij zu Hause. Da konnte sie ja gleich hinfahren, statt noch länger zu warten, bis die Leitung frei war.

Tante Tossja hatte für Ponarowskij mit Kohl gefüllte Piroggen mitgegeben. Nonna legte das kleine Paket in ihre Handtasche, die Handtasche trug sie an einem Riemen über die Schulter – und so war ihr leicht und fröhlich ums Herz, als sie aus dem Haus und hinein in einen schönen Wintertag stapfte. Sie sprang schnell noch auf einen Bus auf, später hüpfte sie vom Bus wieder herunter. Dann hinauf zu Ponarowskij in den sechsten Stock, ohne Aufzug. Mit ihm über die Rolle reden, das entsprechende Buch finden, mit ihm eine Tasse Tee trinken, die Kohlpiroggen dazu … Und später würde sie die Rolle spielen, würde mit angehaltenem Atem in den gebannten Saal schauen, ihm ihr Herz auf den ausgestreckten Händen reichend, und sie würde sich an der Energie des Publikums aufladen. Vergehen und wiederauferstehen. Und danach fühlte man sich stark und fast unsterblich. Wie gut das war …

Nonna drückte auf den runden Klingelknopf.

Ponarowskij öffnete die Tür, stand beschämt und verwirrt da, als wenn er in die Hosen gemacht hätte. Er bat sie nicht, hereinzukommen.

»Darf ich reinkommen? Ich bleibe auch nicht lange …«, sagte Nonna schüchtern.

Ponarowskij zuckte leicht die Achseln.

»Soll ich wieder gehen?« schlug Nonna vor.

Da kam Loboda aus dem Wohnzimmer und sagte: »Nein, nein, wenn Sie schon mal da sind, dann bleiben Sie. Es ist sowieso längst Zeit, daß wir einmal miteinander reden.«

Nonna reimte sich zusammen, daß Loboda die Geliebte von Ponarowskij war. Der Altersunterschied betrug dreißig Jahre, aber was machte das schon. Chaplins Geliebte war fünfzig Jahre jünger als er. Ponarowskij war natürlich nicht Chaplin, aber immerhin ein Witwer mit einer Dreizimmerwohnung. Und Loboda war aus Charkow, hatte keine Zuzugsgenehmigung für Moskau, weder Haus noch Hof, nur sich selbst.

»Worüber sollen wir reden?« fragte Nonna verständnislos.

»Früher waren Sie schwanger, dann stillten Sie noch, man mußte Sie schonen. Aber jetzt ist das Kind schon größer, es ist an der Zeit, alles an seinen Platz zu rücken.«

»Was hat denn mein Kind damit zu tun?« fragte Nonna immer noch perplex.

»Nur soviel, daß Ljowa und ich uns lieben. Wir sind ein Ganzes. Und Sie und Ihre Mutter reißen ihn bloß in Stücke und vernichten ihn. Er leidet. Lassen Sie ihn gehen. Sonst wird er einfach umkommen.«

Nonna schaute Ponarowskij verstört an.

»Die treffen sich hier?« fragte sie.

»Ich wohne hier«, stellte Loboda klar.

Also hatte Ponarowskij dem verwaisten Paar ein Nest geboten. So wie er es einst bei ihr und Zarenkow getan hatte. Das war seine Funktion, den armen Liebenden eine Zuflucht zu bieten. Er war Zarenkows Freund. Und Nonna hatte naiverweise angenommen, daß er auch ihr Freund sei.

Nonna zog die Piroggen aus der Tasche. Sie streckte sie Ponarowskij hin.

»Da«, sagte sie. »Hat meine Mutter für dich mitgegeben...«

Ponarowskij nahm das Paket, das nach Frischgebackenem roch. Er sagte: »Danke...«

Es war ihm quälend unangenehm.

Nonna drehte sich auf dem Absatz um und ging, dann rannte sie von der sechsten Etage in die fünfte, von der fünften in die vierte. Sie rannte und rannte, als wäre jemand hinter ihr her.

Ponarowskij lief auf den Treppenabsatz hinaus, schaute hinunter und sah Nonna rennen. Es war, als ob sich das ganze Treppenhaus mit Entsetzen füllte. Ponarowskij fürchtete, daß sie über das Treppengeländer fallen und sich zu Tode stürzen würde. Aber nichts passierte. Dann knallte die Haustür zu.

»Sie wird sich unter einen Lastwagen werfen«, sagte Ponarowskij düster.

»Nein, tut sie nicht«, antwortete Loboda.

»Du bist grausam.«

»Ich hab die Nase voll davon, mich wie eine Partisanin

verstecken zu müssen und abzuwarten, bis man kommt, um mich aufzuhängen.«

Nonna wußte nicht einmal, wie sie nach Hause gekommen war. Ihre Mutter öffnete die Tür. Sie sah das völlig ausdruckslose Gesicht ihrer Tochter.

»Was ist passiert?« fragte Tante Tossja starr vor Schreck.

»Mama, du hast recht gehabt«, sagte Nonna fast ruhig. »Er ist ein Schwätzer und ein Weiberheld. Aber das ist noch nicht alles. Er ist ein Schuft. Er hat schon seit drei Jahren eine Geliebte. Er lebt mit ihr bei Ponarowskij, den wir für unseren Freund gehalten haben.«

Zarenkow trat in den Flur hinaus. Er war also zu Hause. Er verstand sofort alles.

Tante Tossja verstand ebenfalls sofort alles. Es war, als hätte man ihr einen Schlag in die Kniekehlen versetzt. Sie fiel zu Boden und begann mit dem Kopf auf den Boden einzuhämmern, als wollte sie sich diese grausame Neuigkeit aus dem Kopf klopfen.

Es war eine Sache, was sie sich selbst über Zarenkow zusammenphantasiert hatte. Und es war eine völlig andere, wenn das plötzlich real wurde. Der Betrug, die Intrigen, die Schadenfreude der anderen. Die Menschen waren neidisch, es tat ihnen gut, wenn es anderen schlechtging. Aber das war nicht alles. Die Armut: Wie würden sie mit Tante Tossjas Rente und dem Gehalt einer Schauspielerin leben? Das waren nun tatsächlich ›Waisengroschen, von Tränen übergossen‹, wie in dem Schlager …

Tante Tossja schlug immer noch mit der Stirn auf den Boden. Und das war schrecklich anzuschauen.

Von unten klopfte jemand an die Heizkörper. Das waren die Nachbarn, die gegen den Lärm protestierten.

Nonna stand bleich wie der Mond dabei. Und genauso schweigsam.

Zarenkow wußte einfach nicht, was er tun sollte. Er lief zu Tante Tossja und wollte sie vom Boden aufheben, aber Tante Tossja biß ihn. Sie schlug die Zähne in seine Hand wie ein Hund, verbiß sich in ihn wie ein Pitbullterrier.

Der Schmerz brachte Zarenkow wieder zu sich. Er rief einen Freund an, der Arzt war, beschrieb ihm die Szene und fragte ihn, was er tun solle.

»Ruf die Ambulanz an, und bring sie in die Psychiatrie«, riet der Freund. »Allein kommt ihr damit nicht zurecht.«

Der Freund diktierte ihm die Telefonnummer. Zarenkow rief an. Dann kamen zwei gesunde Stiere, einer Arzt, der andere Sanitäter. Offensichtlich nahmen sie für diesen Job nur körperlich starke Männer.

Sie eisten Tante Tossja vom Boden los, legten sie auf eine Bahre und fuhren sie wer weiß wohin.

Nonna stand unbeweglich da. Sie war immer noch unter Schock.

Zarenkow ging ins Wohnzimmer, setzte sich in einen Sessel und begann die Zeitung zu lesen. Vielleicht starrte er aber auch nur die Seiten an.

»Du läßt uns also sitzen?« fragte Nonna ruhig.

»Ich denke ja gar nicht daran«, sagte Zarenkow. »Bin ich denn blöd?«

»Aber Loboda hat gesagt ...«

»Die kann dir viel erzählen«, unterbrach sie Zarenkow und blätterte die Zeitung um.

Er saß zu Hause und entzog sich allem. Das hieß also, daß Loboda ihre Wünsche für die Realität gehalten hatte. Sie wußte ja noch nicht, daß sie es mit einem Schwätzer und Frauenjäger zu tun hatte. Und doch ließ sich eins nicht wegwischen: Er betrog sie schon drei Jahre lang, und wenn er mit der anderen zusammen war, hinterging er seine Familie. Das war Verrat. Ihr Heim war keine Festung mehr, sondern bloß noch ein Durchgangshof.

Nonna ging zu ihrem Kind. Der Junge saß am Boden und stellte Bauklötzchen aufeinander.

Am nächsten Morgen hatte sie Proben. Wohin dann mit dem Kind? Wohin hatte man ihre Mutter gebracht? Wohin war die Liebe verschwunden?

Sie waren doch füreinander geschaffen gewesen. Er hatte alles mit seinen eigenen Händen zerstört. Und jetzt saß er da, als wäre nichts gewesen.

Am nächsten Morgen fand Nonna die Adresse der psychiatrischen Klinik heraus, wo man ihre Mutter hingebracht hatte. Sie fuhr hin.

Und sie geriet in eine Hölle.

Die Krankenzimmer hatten keine Türen, alles war offen einsehbar: die Armut, der Gestank und die grauen Schatten, die schreiend umherliefen.

Nonna kam es vor, als ob es nach Schwefel röche wie in der Hölle.

Und plötzlich sah sie in diesem Höllenraum das Gesicht ihrer Mutter, mager wie das einer kleinen Ziege.

Tante Tossja lag mucksmäuschenstill da, erschrocken wie ein Kind. Sie zuckte mit keiner Wimper.

Dieser Anblick stach Nonna wie mit Nadeln ins Herz. Ihr war klar, daß sie ihre Mutter nicht hier lassen konnte, unter keinen Umständen. Sie würde sie sofort mitnehmen. Und wenn man sie nicht entlassen würde, würde sie sie entführen.

Sie sprach mit dem behandelnden Arzt. Es stellte sich heraus, daß es sehr schwierig war, einen Patienten aus dem Irrenhaus herauszuholen. Es war praktisch unmöglich. Man mußte unterstützende Kräfte einsetzen.

Der Arzt sah aus wie ein schöner Adler. Und er hatte einen schönen Namen: Gleb.

Er erklärte Nonna, daß die Grenze zwischen Norm und Krankheit fließend war. Der unterste Strich auf der Norm-Skala fiel fast in den Bereich ›Nicht-Norm‹.

Tante Tossja konnte man also als ›gerade noch gesund‹ oder ›schon psychopathisch‹ betrachten.

Nonna hörte zu und begriff. Es hing von Gleb ab, in welche Richtung er die Diagnose drehte.

Am Schluß sagte Gleb, es wäre nicht schlecht, eine Art Gutachten, ein Empfehlungsschreiben zu haben, das von einer höheren Autorität unterzeichnet worden wäre.

Gleb wollte sich für alle Fälle absichern.

Nonna besorgte sich ein derartiges Papier bei sich im Theater. Darin stand, daß Nonna eine fest angestellte Schauspielerin im Theater war und daß man große Hoffnungen auf sie setzte. Von Tante Tossja stand kein Wort da, doch der Rest verstand sich von selbst: Wenn jemand ein Hoffnungsträger war, dann mußten seine Verwandten völlig in Ordnung sein und hingen keinesfalls in der Klapsmühle herum.

Nonna rief in der Klinik an.

Gleb war sehr liebenswürdig. Seine Stimme verschwamm. Nonna begriff langsam, daß es mit dem Gutachten allein nicht getan wäre, man mußte in Naturalien was draufzahlen. Aber das Ziel rechtfertigte die Mittel. Für ihre Mutter war sie zu allem bereit. Und warum auch geizig sein? Früher war ihr Körper ihr Schatz gewesen, ein Gefäß der Liebe und Treue. Aber jetzt… Wozu die Treue bewahren, die sowieso niemand brauchte.

Gleb verabredete ein Treffen bei sich zu Hause. Nonna fuhr hin.

Alles geschah ruhig und sachlich. Gleb entpuppte sich als vierzigjähriger Mann, braungebrannt und sauber, mit einem sehr schönen, ebenfalls braungebrannten Glied. Der Mann war einfach ein Kunstwerk. Man hätte ihn zeichnen wollen.

Nonna war die Sache nicht zuwider. Sie zog sich eilig aus. Und später zog sie sich genauso eilig wieder an.

»Du bist ja schnell wie die Feuerwehr«, bemerkte Gleb.

»Na, was soll ich es auch hinziehen?«

Gleb wollte eben genau das, das Zögern. Er wollte jene Romantik, von der es in seinem Leben so wenig gab. In seinem Leben gab es nur Verrückte und ihre Verwandten mit weit aufgerissenen Augen und unendlich vielen Fragen.

Nonna kam nach Hause, niedergedrückt von der Erfahrung des Ehebruchs. Sie hatte so etwas noch nie getan, und es kam ihr so vor, als hätte sie gerade ihre Unschuld verloren.

In ihrer Wohnung lümmelten Studenten herum, Zarenkow hatte seine neue Klasse eingeladen. Eine Studentin hatte ihr Kind dabei. Eine andere stand am Herd und briet Kartoffeln. Drei Jungs lauschten den Monologen von Zarenkow. Er hielt Hof, saß ein Bein über das andere geschlagen da und dozierte über das Thema ›Der Künstler und die Staatsmacht‹.

»Boris Godunow begnadigte den Geistesgestörten. Genau nach demselben Gesetz verschonte Stalin Schostakowitsch. Er verfolgte ihn nicht. Auch ein Tyrann möchte sich mal mildtätig sehen. So wie eine Katze auch mal eine Maus laufen läßt…«

»Eine satte Katze«, bemerkte ein Student.

Nonna ging ins Schlafzimmer. Ihr tat der Kopf weh, das Herz und das Gewissen. Ihr tat alles weh, was wehtun konnte. Sie fühlte sich wie eine Maus, die zwischen die Zähne einer Katze geraten war.

Das Gefühl der Schuld versöhnte Nonna ein wenig mit Zarenkow. Sie betrachtete ihn jetzt von gleich zu gleich, ohne Bestürzung, ohne Angst und ohne den Wunsch, es ihm um jeden Preis heimzuzahlen.

»Morgen hole ich meine Mutter nach Hause«, verkündete Nonna.

Zarenkow schwieg einen Moment. Dann sagte er: »Du mußt wählen: sie oder ich. Wir sind nicht kompatibel. Das weißt du ja. Ich kann nicht leben und atmen in einer Atmosphäre von ständigem Gemecker.«

»Aber sie macht doch hier die ganze Arbeit. Da ist ihr Gemecker doch Kleinkram dagegen.«

»Viele Kleinigkeiten zusammengenommen vernichten Großes. Ein kleiner Holzwurm kann einen ganzen Konzertflügel zerstören.«

Nonna fürchtete schon, daß Zarenkow nun weiter ausholen würde, aber er faßte sich kurz.

»Wenn deine Mutter zurückkommt, dann gehe ich.«

»Zu Loboda?«

»Das wird dich dann nichts mehr angehen.«

Nonna schwieg einen Moment. Dann sagte sie: »Ich brauche dich mehr als meine Mutter. Aber du bist stark, du hast einen Beruf, dich lieben viele Menschen. Du hast alles. Und meine Mutter… Sie ist hilflos, dumm und alt. Sie hat nur mich und ihren Enkel. Und mehr nicht.«

»Solche gibt es viele… Da brauchst du dich bloß umzusehen. Das ganze Land ist voll von an der Armutsgrenze lebenden Waisen, und sieh da, sie kommen auch durch.«

»Aber die gehen mich nichts an. Und meine Mutter – ist eben meine Mutter.«

»Wie du willst. Ich habe das Meine dazu gesagt.«

Nonna holte Tante Tossja nach Hause.

Zarenkow packte seinen Koffer und ging. Nonna gab ihm den Schlüssel von Tante Tossjas Wohnung. Aber Zarenkow wollte in keiner Kommunalwohnung leben. Da zog er lieber zu seinem Freund Ponarowskij. Von dort hatte er es näher zur Arbeit.

Ponarowskij fühlte sich schuldig gegenüber Nonna. Er beschloß, sie irgendwie zu trösten. Darum rief er sie an und sagte: »Vertrödle deine Zeit nicht mit einem Menschen, der sich gar nicht für dich interessiert.«

So war das also. Sie war nicht interessant, und Loboda war interessant.

Er hatte sie wirklich getröstet.

Im Theaterstudio wurde bekannt, daß Zarenkow zu einer seiner Studentinnen gezogen war, und auch im Theater wurde darüber geredet. Es brodelte wie in einem Hexenkessel. Einige schimpften auf den Zaren, nannten ihn einen ›Vampir jugendlicher Energie‹ und bedauerten Nonna. Andere freuten sich still und lachten sich ins Fäustchen. Aber eine Woche später hatten sich die Wogen geglättet, und noch einen Monat später war schon alles vergessen. Man vergaß noch ganz andere Sachen.

Am meisten fürchtete Tante Tossja, daß meine Mutter von der Sache erfahren könnte. Sie wollte auf keinen Fall, daß Nonnas Fiasko in Leningrad bekannt würde.

Dabei war es doch gar kein wirkliches Fiasko: Nonna war eine professionelle, arrivierte Schauspielerin, wohnte im Zentrum von Moskau in einer wundervollen Wohnung mit einem wunderbaren Sohn, umgeben von mütterlicher Fürsorge, die ebenso wunderbar war. Sie ist gesund und beruflich erfolgreich. War das etwa nichts?

In dieser Periode spielte Nonna ihre Rollen besonders gut. Die ganze Zeit wollte sie es allen zeigen. Sie bewegte sich auf der Bühne wie eine Verkörperung des Aufschreis: ›Hier bin ich! Seht her, ich kann alles …‹

Zu den Aufführungen kam auch Gleb und brachte ihr Blumen. Der dunkle Anzug stand ihm besser als der weiße Kittel. Aber am allerbesten sah er immer noch nackt aus.

Nonna verbeugte sich auf der Bühne und lächelte, die

Blumen vor das Gesicht haltend. Jedoch in ihrem Inneren war nur Trostlosigkeit, es war, als hätte sie Salzsäure geschluckt.

Es tat so weh zu leben. Aber sie mußte doch weiterleben.

Dann kam meine Mutter nach Moskau.

Zu der Zeit hatte ich schon eine eigene Dreizimmerwohnung, allerdings nicht im Zentrum, sondern in einem Außenbezirk von Moskau, praktisch in einem Vorort.

Der Stadtteil war noch nicht ganz fertig gebaut. Man mußte von der letzten Bushaltestelle querfeldein zu unserem Gebäude laufen.

Meine Mutter lud Tante Tossja ein, und sie kamen zu dritt mit Nonna und Antoschka.

Nonna, die an das Stadtzentrum gewöhnt war, hatte Pumps angezogen. Aber bei uns da draußen war noch Schnee und Eis. Nonna versank mit den Absätzen im nassen Schnee, der Wind wehte ihnen ins Gesicht. Das Kind trugen sie abwechselnd auf dem Arm.

Als sie vor meiner Tür standen, sahen sie aus wie Flüchtlinge. Und Antoschka lugte unter der Achsel von Tante Tossja hervor wie ein kleiner Spatz.

Wir setzten uns an den Tisch und tranken etwas zum Aufwärmen. Und wir erinnerten uns an unser früheres Leben. Aus der Gegenwart betrachtet erschien uns das damalige Leben lieb und klar wie ein sonniger Tag. Das war natürlich eine optische Täuschung des Gedächtnisses. Die Vergangenheit, das Nachkriegsleben, war schwer, armselig und freudlos gewesen. Aber unsere Mütter waren damals noch jung. Wenn man ihr Alter auf eine Tageszeit übertragen würde, dann war damals sonnenheller Tag gewesen. Die Sonne hatte unmittelbar über ihren Köpfen gestanden. Und jetzt waren unsere Mütter über fünfzig. Das entspräche etwa sechs Uhr abends. Noch nicht dunkel, aber es dämmerte schon. Und bald würde es ganz dunkel sein.

Objektiv betrachtet hatten wir viel erreicht. Nonna war Schauspielerin geworden. Ich war Schriftstellerin. Wir gehörten der Intelligenzija an. Hätten wir damals von solchen Gipfeln auch nur zu träumen gewagt, damals zwischen den Ratten und Kartoffelschalen?

Aber auch auf den Gipfeln gab es Ratten und Kartoffelschalen.

»Und wo ist Zarenkow jetzt?« fragte meine Mutter naiv.

Nonna wurde steif, und ihre Miene verfinsterte sich.

»Soll er doch krepieren!« wünschte Tante Tossja.

»Auf gar keinen Fall!« sagte meine Mutter. »Der soll mal schön arbeiten und Geld verdienen und euch helfen.«

»Er soll unter schrecklichen Qualen krepieren!« insistierte Tante Tossja.

»So darfst du nicht reden. Er ist doch immerhin der Vater des Kindes. Das ist doch Sünde…«, verteidigte ihn meine Mutter.

»Du hast gut reden. Wenn man so einen Schwiegersohn hat wie du«, meinte Tante Tossja und nickte in Richtung meines Mannes.

»Na ja«, ließ sich meine Mutter skeptisch vernehmen.

Nun versteifte ich mich, und meine Miene verfinsterte sich.

Zu dieser Zeit brachte ich achtmal soviel Geld nach

Hause wie mein Mann. Und meine Mutter hatte das satt. Ich aber nicht. Was macht es denn für einen Unterschied, wo das Geld herkommt? Hauptsache, es ist da.

Aber meine Mutter fand: Wenn ein Mann kein Geld verdient, wozu braucht man ihn dann überhaupt?

Den größten Teil ihres Lebens hatte meine Mutter allein gelebt, und so war sie an völlige Freiheit gewöhnt.

Mein Mann erhob sich und ging aus dem Zimmer.

Mir wurde klar, daß wir uns scheiden lassen würden, wenn meine Mutter nicht noch morgen abreiste.

»Alles klar?« fragte ich Nonna.

»Alles völlig klar«, antwortete Nonna.

Wir litten beide unter unseren Müttern. Sie fanden, daß die Liebe zu ihren Kindern ihnen das Recht zu jedem Terror gab. Liebesterror. Und wir saßen in der Falle.

Sie bremsten und verkrüppelten unser Erwachsenenleben, und es gab kein Entkommen vor ihnen.

Mein Vorteil gegenüber Nonna war, daß meine Mutter immerhin nur zu Besuch war. Als sie nach einem Monat wieder abreiste, weinte ich. Ich weiß nicht, warum. Es tat mir leid um sie und um mich.

Aber mein Mann atmete erleichtert auf und straffte die Schultern, als ob er einen Tiger von den Schultern abgeworfen hätte.

Zarenkow lebte mit Loboda zusammen, aber er ließ sich von Nonna nicht scheiden. Er wartete auf irgend etwas.

Loboda stellte die Weichen. Ihre Karriere begann sich zu entfalten. Ihr Status begann den von Zarenkow bereits zu überragen. Er war schließlich nur der Trainer – und sie war der Champion. Loboda hing in keiner Weise von Zarenkow ab. Das war für ihn ungewohnt. Und unangenehm. Er war gewohnt, immer Herr der Lage zu sein.

Der Winter zog sich dahin, im April schneite es wieder. Es kam einem so vor, als käme der Frühling überhaupt nicht mehr. Aber plötzlich klärte sich der Himmel, die Sonne kam hervor, es wurde heiß. Es war, als ob dem Frühling die Geduld ausgegangen wäre und er den Winter mit einem glühenden Besen austreiben wollte.

Zarenkow fuhr nach Kiew, um eine neue Klasse zusammenzustellen. Er mußte dreißig Studenten am Tag anhören. Er wurde müde. Sie kamen ihm alle gleich vor. Die ukrainischen Burschen waren sentimental wie die Mädchen, denn sie waren leicht dümmlich. Und Mädchen hatten einen Bauerntrampelakzent, der alles verdarb.

Im Hotel war es stickig. Die Betonwände atmeten nicht. Die verstaubten Fenster waren fest verschlossen. Wenn man sie öffnete, war es lärmig.

Zarenkow telefonierte nach Moskau. Tante Tossja nahm ab. Da legte er auf. Er verließ sein Hotelzimmer, ging eine Etage höher. Das kleine Restaurant war offen.

Er aß ein Paar Schweinswürstchen, trank einen Kaffee, der in einem riesigen Gefäß gebraut worden war. Der Kaffee roch nach Würstchen.

Er ging wieder auf sein Zimmer und legte sich schlafen. Der Hals tat ihm weh, aber er wußte, daß die Schmerzen vom Herzen herkamen.

Zarenkow schlief ein und träumte vom Meer, warmes Meer mit feinkörnigem Sandstrand. Das mußte das Asowsche Meer sein, wurde Zarenkow klar, und im Traum schritt er weiter vorwärts, mit den Knien das Wasser teilend.

Nonna kam ihm entgegen, in einem Nachthemd.

›Hast du keinen Badeanzug?‹ fragte Zarenkow verwundert.

›Ich habe kein Talent zum Schauspielern‹, antwortete Nonna und streckte ihm die Arme entgegen. ›Ich kann nur dich lieben, und mehr kann ich nicht.‹

›Und mehr brauchst du auch nicht‹, sagte Zarenkow. Und plötzlich versank er. Das Wasser schwappte über seinen Kopf. Zarenkow bewegte Arme und Beine, er wollte auftauchen, aber es gelang nicht. Das Wasser erstickte ihn.

Sein Herz bewegte sich fort und flog irgendwohin. Zarenkow flog seinem Herzen hinterher – und starb.

Die Untersuchung zeigte, daß Zarenkow keinen Herzinfarkt gehabt hatte. Es war einfach ein Herzkrampf gewesen. Wenn er gewöhnliche gefäßerweiternde Mittel genommen hätte, wäre er noch am Leben gewesen. Er hätte noch lange gelebt, geliebt und geirrt. Und gelehrt. Denn er war ein sehr gebildeter, aufgeklärter Mensch. Ein echter Meister seines Faches. Solche ›werden heute gar nicht mehr gemacht‹.

›Es gibt keine unersetzlichen Menschen.‹ Wer hat das gesagt? Ich glaube, Stalin. Er hat sich geirrt. Niemanden kann man ersetzen und mit gar nichts. Jeder Mensch ist einzigartig. Und um so mehr Zarenkow, mit Spitznamen ›Zar‹.

Nach Zarenkows Tod erkannte Nonna, daß es in ihrem Leben nichts mehr gab. Nichts und niemanden.

Tante Tossja hatte mit ihrer Beurteilung Zarenkows teilweise recht gehabt, aber ihre Wahrheit brauchte niemand. Nonna hatte ihren Mann mit der Kraft der ersten, nicht berechnenden Liebe geliebt. Die Wahrheit – das war er, sein Gesicht, seine Stimme, sein Strahlen. Das war die ganze Wahrheit: einfach Liebe.

Tante Tossja wurde stiller. Sie ging niedergeschlagen durch die Gegend. Entweder war das eine Nebenwirkung der Medizin, die Gleb ihr verschrieben hatte, oder es quälten sie Schuldgefühle.

Eines Tages rief sie mich mitten in der Nacht an.

»Was denkst du? Ist Ljowa wegen mir gestorben?«

»Wieso? Was hast du denn damit zu tun?« fragte ich irritiert.

»Ich habe ihn verflucht. Und Gott hat es gehört.«

»Gott hat grad was anderes zu tun, als deinen Dummheiten zuzuhören...«

»Meinst du???« In Tante Tossjas Stimme keimte Hoffnung auf.

Wahrscheinlich hatte sie ja wirklich nichts damit zu tun. Was sollte der Allerhöchste, der mit seinen interplanetarischen Dingen beschäftigt ist, auch ausgerechnet auf eine alte Närrin hören...

Es vergingen zwanzig Jahre. Unsere Mütter wurden alt. Unsere Kinder wurden erwachsen. Wir blieben in etwa so, wie wir waren, nur daß wir früher am Anfang unserer Jugend standen und jetzt am Ende.

Meine Schwester Lenka heiratete ein zweites Mal. Sie

heiratete ihren indirekten Vorgesetzten. Einen Vertreter der Nomenklatura. Sie hatte ihm aufgelauert, ihn ausspioniert und ihn angesprungen. Irgendwann war der verträumte Ausdruck aus ihrem Gesicht verschwunden gewesen. Ihre Augen hatten sich in Energiepunkte verwandelt, wie bei einem Luchs auf der Jagd.

Der Vorgesetzte widersetzte sich nicht. Die beiden ließen sich offiziell registrieren. Und so lebten sie zusammen, gleichmäßig und friedlich. Und der verträumte Ausdruck kehrte auf Lenkas Gesicht zurück. Es war, als bündle sie ihre Kräfte für die nächste jähe Bewegung.

Garik hatte sich im Strom der Menge verloren. Lenka hatte sich auch nicht sehr um ihn bemüht. Oder besser gesagt: Sie hatte sich nicht besonders für ihn interessiert, und doch wußte sie alles besser. Garik hatte sich nicht bewährt, er hatte mehr versprochen, als er verwirklicht hatte.

Meine Mutter war dicker und bösartiger geworden. Die Bosheit ist die Waffe der Schwachen. Sie war ja auch schwach und einsam, ihre Gesundheit ging flöten, Liebe gab es keine.

Gläubige füllen die Leere mit ihrem Glauben. Aber meine Mutter glaubte an nichts als an sich selbst.

Die Tageszeit unserer Mütter war schon nicht mehr die Dämmerung. Es war der Einbruch der Dunkelheit. Vor ihnen lag die Nacht.

Aber nach der Nacht kommt wieder ein Morgen. Also ist der Tod kein Punkt, sondern nur ein Komma.

Nonna geriet in eine Schlechtwetterfront. Am Theater beschäftigte man sie wenig. Der Regisseur sah sie einfach nicht.

Ihre einzige Freude war ihr Sohn Anton. Er hatte alle

guten Eigenschaften seiner Herkunft in sich vereint. Die Schönheit von Nonna. Die Persönlichkeit von Zarenkow. Die Bescheidenheit von seinem Großvater, Tante Tossjas Mann. Er war genauso ruhig, solide und angepaßt. Mit neun Jahren konnte er schon einen Fernseher reparieren und ein überhitztes Bügeleisen in Ordnung bringen. Offensichtlich hatte er ein großes Talent für alles Technische.

Von Tante Tossja hatte er die Hingabe und den Fleiß geerbt. Er konnte keine Sekunde dasitzen, ohne etwas zu tun. Und außerdem hatte er von Tante Tossja wohl die Liebe zu seinen Nächsten geerbt: zu seiner Mutter und der Großmutter.

Nonna lobte ihren Sohn nie, denn sie war abergläubisch. Aber Tante Tossja lobte den Enkel über den Schellenkönig, so daß mir der Kopf davon dröhnte.

Anton bestand ohne jegliche Protektion die Aufnahmeprüfung an der Mathematisch-technischen Fakultät. Er vergrub sich ganz in den Computern. Schnell wurde er kahlköpfig, was ganz natürlich schien. All seine Vitalität ging ins Hirn, für die Haare reichte es nicht mehr.

Anton mochte keine großen Besäufnisse, aber auch keinen Sport. Er liebte lediglich den Prozeß der Wissensaufnahme. Er lernte mit Genuß, aber andere Genüsse der Jugend blieben ihm gleichgültig. Nonna machte das mißtrauisch.

Tante Tossja plante bereits, Anton mit meiner Tochter bekannt zu machen, aber eines Abends kam Anton mit einer gewissen Dina aus Sotschi Arm in Arm nach Hause.

»Das ist meine Braut«, verkündete Anton. »Sie wird mit mir zusammenwohnen.«

»Stell dir mal vor!« schrie Tante Tossja am Telefon. »Die steht um ein Uhr mittags auf und fängt an, sich die Zehennägel zu lackieren. Ich frage: ›Wer sieht schon deine Fußnägel?‹ Und sie antwortet: ›Anton küßt meine Füße, jeden Zeh einzeln.‹ Eine Nutte ist die, das sage ich dir!«

»Na, wieso gleich eine Nutte?« verteidigte ich das Mädchen.

»›Tschakett‹, sagt sie, und ›Schrang‹.«

»Was?«

»Na, statt Jackett und Schrank.«

»Na und? Dann korrigierst du es eben. Ist doch nur ein Buchstabe.«

»Weißt du, was die für eine ist?« fragt Tante Tossja triumphierend.

»Na?«

»Sie ist ein Kolgörl.«

»Was ist denn das?«

»Jawoll, ein Kolgörl ist die. Daß aber die anständigen jungen Leute auch immer an solche Luder geraten müssen!«

Tante Tossja fing an zu weinen. Sie beweinte ihr Schicksal. Ihr eigenes Privatleben hatte nicht geklappt. Da hatte sie alle Hoffnung auf Nonna gesetzt. Aber ihre Tochter war an einen Schwätzer und Schürzenjäger geraten. Und an einen Verräter. Und sogar den Tod von Zarenkow rechnete Tante Tossja noch als Extra-Verrat. Er war ins Jenseits entwischt, um seine Rechnung auf Erden nicht zahlen zu müssen. Dann hatte sie all ihre Hoffnungen auf Anton gesetzt. Und jetzt? In der Wohnung hatte eine Nutte und ein ›Kolgörl‹ das Sagen.

»Du bist doch Schriftstellerin. Erklär mir das mal: Wieso klappt alles nie so, wie man will? Man will das eine und bekommt das andere.«

»Am besten will man nichts«, riet ich. »Am besten nimmt man das Leben so, wie es kommt.«

»Also muß man auch diese Nutte einfach hinnehmen?«

»Man muß sie mal richtig ansehen«, schlug ich vor. »Vielleicht ist ja alles gar nicht so schlimm ...«

Ich wechselte den Stadtteil, nun konnte man mich einfacher besuchen. Ich wußte, daß diese Wohnung meine Endstation war, und legte meine ganze Seele hinein.

Sie brachten Dina zur Begutachtung zu mir. Oder besser gesagt, zur Expertise. Ich sollte mein professionelles Gutachten als Schriftstellerin und Menschenkennerin abliefern.

Dina ähnelte meiner Mutter, als sie jung war. Ihre Stirn glänzte, und die rundlichen Wangen glänzten ebenfalls wie frisch polierte Äpfel. Ihre Augen, die einen an die ›Schwarzen Augen‹ aus dem Zigeunerlied denken ließen, schauten vertrauensvoll und gutmütig drein. Dina gefiel mir.

»Wie schön es bei Ihnen ist«, sagte Dina mit träumerischer Miene.

»Ach, das ist doch nichts Besonderes«, reagierte ich mit Bescheidenheit, obwohl es mir sehr angenehm war, ein Lob über meine Wohnung zu hören.

»Ihr gefällt es immer überall besser als zu Hause«, bemerkte Tante Tossja. »Als wenn wir zu Hause einen Misthaufen hätten ...«

»Mama ...«, rief Nonna sie leise zur Ordnung.

»Was hab ich denn gesagt? Ich hab doch bloß die Wahrheit gesagt...«

Wenn Tante Tossja böse wurde, verlängerte sich ihre Nase und wurde bleich, ja fast weiß.

Nonnas Züge wurden langsam reifer, sie war schon über Vierzig. Die jugendliche Frische war dahin, das Gesicht wurde kantiger. Doch sie gefiel mir nicht weniger als früher. Die Leiden hatten sie schöner gemacht, wie merkwürdig das auch war. Nonna war nicht verbittert geworden, sondern nur trauriger und ernster.

Wir saßen am gedeckten Tisch. Mein Mann legte die Hände auf die Tischdecke wie ein Schüler und aß fast nichts. Er fürchtete, daß es nicht für alle reichen würde, obwohl mehr als genug zu essen da war. Es war einfach eine Gewohnheit, die er aus der Jugend beibehalten hatte, als wir noch arm waren und die Mahlzeiten knapp bemessen.

Mein Mann war immer feinfühlig gewesen, und das blieb so, ob wir nun Geld hatten oder nicht. Dieser Zug stand ihm im Gesicht geschrieben, in seinem Lächeln, im Ausdruck seiner Augen. Er hatte aus dem Leben nichts herausgepreßt, hatte sich nicht verbogen, hatte sich nicht erniedrigt. Dafür liebte ihn Tante Tossja. Sie spürte das Innenleben der Menschen, wie mit einem inneren Echolotsystem, wie eine Fledermaus.

Wir saßen da und erinnerten uns an früher. Weißt du noch dies, weißt du noch jenes...

Dina hörte mit ungeteiltem Interesse zu: Mal zog sie die Brauen in die Höhe, mal öffnete sie den Mund vor Erstaunen, mal lachte sie, ein junges wohltönendes Lachen.

»Was ist denn daran so lustig?« maßregelte sie Tante Tossja.

Dina erschrak und hielt die Hand vor den Mund. Sie hatte Angst vor Tante Tossja, und das war ihr Fehler. Denn so erlaubte sich Tante Tossja in ihrer Willkür immer mehr.

Ich hätte Dina am liebsten mit in die Küche genommen und ihr einen Rat gegeben: Stell Tante Tossja mal richtig in den Senkel! Aber ich gehörte ja irgendwie auch zu Tante Tossja und hatte somit kein Recht, die Interessen des Clans zu verraten.

Anton wurde es langweilig. Er kam hinter dem Tisch hervor, schaltete den Fernseher an und stellte ihn richtig ein. Plötzlich hatte der Apparat ein so scharfes Bild wie noch nie zuvor.

Dann ging er in die Küche und reparierte den Wasserhahn. Er fand ein altes Gummispielzeug, schnitt daraus eine Dichtung aus und setzte sie dem Wasserhahn ein. Der Hahn schwieg. Weg waren die fallenden Tropfen, die mich wahnsinnig gemacht hatten.

»Mein Gott!« rief ich und konnte meinen Augen und Ohren nicht trauen. »Wenn ich so einen Schwiegersohn hätte ...«

»Tja, wenn ...«, ließ sich Tante Tossja mit einem Unterton vernehmen.

Denn meine Tochter mit Anton zu verheiraten, das war ihr Traum.

Dina ließ den Kopf hängen, betrachtete ihre Knie. Man erinnerte sie daran, daß sie sich hier in ein fremdes Nest gesetzt hatte.

Aber ich sah, daß es sehr wohl ihr Nest war. Das Schicksal hatte richtig entschieden und sogar klug. Anton war nicht ganz von dieser Welt. Und Dina stand mit beiden Beinen fest auf der Erde. Meine Eltern waren ganz genau so eine Kombination gewesen.

Meinen Vater hatte es nicht auf dieser Erde gehalten. Und meine Mutter, die allein hatte bleiben müssen, war auch so durchgekommen. Sie hatte ihren Kindern eine Ausbildung gegeben und hatte uns in den Hungerjahren während und nach dem Krieg durchgefüttert. Sie hatte uns gut durchgebracht.

Dina stand vom Tisch auf und ging Richtung Küche, zu ihrem Anton. Wir blieben allein.

»Stell dir mal vor!« flüsterte Nonna. »Die sind ständig am Bumsen. Anton hat schon vier Kilo abgenommen. Die saugt ihn völlig aus!«

Nonnas Nase wurde länger und blasser.

›Das sind die Gene‹, dachte ich. ›Das Leben lehrt aber auch niemanden rein gar nichts.‹

Die Zeit verging. Meine Tochter hatte inzwischen schon ein Rendezvous mit irgendeinem Studenten. Dieser Student hatte ständig schlechte Laune, er sah im Leben immer nur die dunklen Seiten. Tante Tossja nannte solche Menschen ›Scheißefresser‹.

Dina wohnte weiter in ihrem gemeinsamen Haushalt, aber die Atmosphäre glich einem Atomreaktor kurz vor der Explosion. Alles würde demnächst auseinanderfliegen.

»Anton kommt von der Arbeit und wäscht das Geschirr ab, und diese Nutte will nicht mal die Küche betreten. So arbeitet Anton in zwei Schichten, zu Hause und auf der Arbeit. Er macht alles und die gar nichts.«

Tante Tossja kochte und bebte geradezu vor Entrüstung.

»Und wieso traut sie sich nicht in die Küche heraus?« stellte ich eine erhellende Frage.

»Weil sie eine Nutte ist. Und das sage ich ihr auch. Aber die Wahrheit gefällt ja niemandem. Und ich sage eben die Wahrheit!«

»Und du selber, hörst du auch gern die Wahrheit?« fragte ich.

»Was für eine?« Tante Tossja wurde vorsichtig.

»Du hast schon das Leben deines Mannes und deiner Tochter in Einzelteile zerlegt und aufgefressen. Und jetzt machst du dich an deinen Enkel ran. Tante Tossja – du bist eine Menschenfresserin!«

»Und was soll ich da machen? Sterben vielleicht?« fragte Tante Tossja überraschend ruhig.

»Aufhören, anderen Leuten ins Gärtchen zu trampeln.«

»Aber das kann ich nicht.«

Das war die Wahrheit. Terror ist Terror. Ohne Regeln. Und ohne Gnade.

Und so entwickelten sich die Ereignisse folgerichtig weiter. Dina wurde schwanger, was zu erwarten war. Anton faßte einen Entschluß: Sie würden sich zusammen registrieren lassen, die Ehe offiziell im Standesamt bestätigen lassen. Im Hause hing eine dicke Trauerwolke.

Damals existierte für die Schauspieler und deren Angehörige ein elitäres Altenheim, mit Vollpension und medizinischer Betreuung. Jedem stand ein eigenes Zimmer zur Verfügung. Die Fenster gingen auf einen großen Park hinaus, der in einen Wald überging.

Im Austausch für diese Pracht mußte man seine Wohnung an den Staat zurückgeben. Gleb riet Tante Tossjas Zimmer abzugeben, das sowieso niemand nutzte, denn sie wohnte ja bei Nonna, und Tante Tossja in dieses Altenheim umzusiedeln, wo man sie bestens versorgen würde: Vier Mahlzeiten täglich, rund um die Uhr stand eine Krankenschwester zur Verfügung, die Blutdruck maß und Spritzen gab. Außerdem war da die Unterhaltung mit Gleichaltrigen, was auch sehr wichtig war.

»Und kann man sie besuchen?« fragte Nonna.

»Jeden Tag, wenn du willst«, sagte Gleb. »Die Besuchszeiten sind nicht begrenzt.«

Nonna überlegte.

Gleb fing schon mal an, die erforderlichen Dokumente vorzubereiten. Tante Tossja sagten sie nichts. Nonna hatte beschlossen, sie vor vollendete Tatsachen zu stellen. So wäre es leichter. Dina zeigte keine besondere Freude. Ihr tat Tante Tossja leid, diese giftige, alte Bandassel.

Alles ging seinen Gang, wenn auch langsam und zäh. Die Leitung des Altenheims wollte für ihren Fonds lieber ganze Wohnungen bekommen statt einzelner Zimmer in einer Kommunalwohnung. Aber sie fühlten sich den Verdiensten von Zarenkow verpflichtet. Denn dem Gesetz nach war Tante Tossja nach wie vor die Schwiegermutter des verdienten Kulturschaffenden. Damals hatten solche Frauen wie Loboda keinerlei Rechte. Sie war nur Loboda und sonst nichts.

Den Widerstand der Heimleitung konnte man schließlich überwinden. Tante Tossja bekam ein Zimmer im Parterre, ohne Loggia. Es war das Zimmer Nummer neun.

Nonna beschloß hinzufahren, um es mit eigenen Augen zu sehen. Gleb wollte sie begleiten, aber Nonna lehnte ab. Es hätten sie dort Bekannte sehen können.

Die auffallende Persönlichkeit Zarenkows war eine Sache und der durchschnittliche Gleb eine ganz andere.

»Ein lebender Hund ist besser als ein verreckter Löwe«, sagte Tante Tossja immer.

»Ein Löwe bleibt immer ein Löwe, sogar wenn er tot ist«, entgegnete Nonna.

Nonna wollte Gleb nicht ganz angehören. Und konnte doch nicht ohne ihn sein. Deshalb wählte sie die Zwischenvariante: zusammen und doch getrennt. Jeder hatte sein eigenes Territorium.

Nonna fuhr ins Altenheim. Der Bus brachte sie bis direkt vor den Eingang. Nonna registrierte, daß man bequem hingelangen konnte.

Sowohl von außen als auch von innen sah das Heim überhaupt nicht nach Heim aus. Es war ein durchaus respektables Gebäude.

Eine Concierge saß an der Rezeption und beobachtete alle Hereinkommenden. Vor ihr stand eine alte Frau und erzählte ihr Leben. Die Concierge hörte zu und nickte. Aber sie wartete darauf, daß die alte Frau ging.

Nonna legte ihren Mantel an der Garderobe ab. Die Uhr zeigte halb vier, also war es schon nach dem Mittagessen.

Aus dem Speisesaal kamen einige alte Männer und

Frauen. Die alten Frauen waren in der Überzahl. Offensichtlich lebten sie länger, Frauen sind wohl zäher.

Das Alter war in aller Vielfalt vertreten: Dicke und Dünne, Weißhaarige und Hennagefärbte. Verwelkte Münder, schlabbrige Hälse, gleichgültige Blicke. Die Natur bereitet den Menschen rechtzeitig auf seinen Abgang vor.

Dann traten junge Filmschaffende aus dem Speisesaal. Sie hatten hier einen Aufenthalt gebucht, so wie man das auch im ›Haus des Schaffens‹ tun konnte. Sie arbeiteten in der Stille intensiv an etwas, dann ging's wieder ab in die Stadt, mitten ins Gewimmel der Ereignisse.

Die Jungen hasteten mit großen Schritten voran, sie überholten die alten Leute. Sie stießen sie nicht weg, aber sie nahmen sie auch gar nicht weiter zur Kenntnis. Für die jungen Augen existierten sie einfach nicht.

Die Alten humpelten wie im Nebel durch den schlecht beleuchteten Gang. Und die jungen Leute stapften laut dröhnend voran. Die Generationen hatten verschiedene Aufgaben und verschiedene Geschwindigkeiten.

Nonna klopfte bei Zimmer Nummer neun. Das Zimmer war verschlossen. Sie würde zur Verwaltung gehen und um den Schlüssel bitten müssen. Nonna überlegte einen Moment, und dann klopfte sie an der Nachbartür mit der Nummer acht. Das Zimmer wäre ja ähnlich...

Die Tür ging auf. Das Zimmer Nummer acht wurde von einer Frau bewohnt, die ein Filmstar der dreißiger Jahre gewesen war. Jetzt wußte allerdings kaum noch jemand, daß sie einmal ein Star war. Aber selbst wenn man es gewußt hätte: Es wäre schwer gewesen, die damalige und die heutige Person zusammenzubringen.

Nonna sah die Frau an und konnte die beiden Personen zusammenbringen. Etwas Unverwechselbares war geblieben: die Kühnheit des Blickes. Diese alte Frau sah ihrer Zukunft unerschrocken entgegen.

»Guten Tag«, sagte Nonna.

»Wollen Sie zu mir?« fragte die alte Frau verwundert.

»Ich würde mir gern einmal Ihr Zimmer ansehen. Wir werden Ihre Nachbarn werden.«

»Sie?« fragte die Frau verständnislos.

»Nicht direkt. Es ist bloß so, daß…« Nonna verstummte. Ihre Zunge bewegte sich einfach nicht mehr, um den Satz zu vollenden.

»Bitte schön…« Der Star vollführte eine einladende Handbewegung.

»Ich erledige die Formalitäten für eine Angehörige«, sagte Nonna, die sich endlich wieder gefangen hatte.

»Na, Gott sei Dank. Ich dachte schon: Jetzt geben sich die Jungen schon selbst auf und ziehen sich zurück. Sie müssen doch noch so viele Affären haben, so viel erleben, meine Liebe…«

»Sie meinen, das geht noch lange so weiter?« fragte Nonna, und das war keine rhetorische Frage. Sie hatte wirklich Angst, alt zu werden.

»Solange Sie wollen. Das Alter gibt es nicht. Es gibt nur Krankheiten.«

Nonna sah sich im Zimmer um. Die Wände waren vollgehängt mit dem früheren Leben. Die Frau lebte ganz in der Vergangenheit.

Die Möbel waren armselig, unpersönlich, aber gut gepflegt. Dieses Zimmer hatte schon viele Leben gesehen, und ihm war es gleichgültig, wer der Nächste sein würde.

»Wie leben Sie hier so?« fragte Nonna.

»Mit allen Annehmlichkeiten, aber ohne jede Perspektive«, antwortete die alte Diva. »Die Zeit fließt nur in eine Richtung.«

»Und zu Hause floß sie noch in die andere Richtung?«

»Zu Hause denkt man nicht daran. Man lebt einfach, und fertig.«

Nonna stand betroffen da. Dann sagte sie: »Vielen Dank. Ich gehe jetzt… Brauchen Sie noch etwas?«

»Bücher, wenn es geht. Majakowskij und Kornej Tschukowskij.« Die Diva schwieg einen Moment, dann fügte sie hinzu: »Ich hatte mal was mit ihnen.«

»Mit beiden?« fragte Nonna verwundert.

»Natürlich nicht gleichzeitig. Mit Kornej später.«

»Und das, obwohl seine Frau noch lebte?«

»Sind Sie merkwürdig!« sagte der Star verwundert. »Was hat denn seine Frau damit zu tun? Ich rede doch von Liebe, nicht von der Familie.«

»Und gibt es denn keine Liebe in der Familie?«

»Liebe ist ein Produkt von kurzer Haltbarkeit. Wissen Sie, was die Liebe tötet? Die Gewohnheit. Und die Zeit.«

»Nun ja, die Zeit tötet auch die Menschen«, bemerkte Nonna.

»Von wegen. Sogar hier im Altenheim wird noch geheiratet. Es finden sich Paare.«

»Und wozu?«

»Man hat Angst, in Einsamkeit zu sterben. Es soll einem doch jemand begleiten, einem die Hand halten.«

Nonna schwieg einen Augenblick. Dann fragte sie: »Und Majakowskij? War er schön?«

»Er hatte einen trogförmigen Mund.«

»Ist das jetzt gut oder schlecht?« fragte Nonna verunsichert.

»Einfach ein Mund, so groß wie ein Trog. Mir hat es gefallen. Er war auch sonst eine perfekte Schönheit.«

»Würden Sie sich wünschen, daß jetzt die Tür aufginge, und er käme herein?« fragte Nonna.

»Ach, ich komme jetzt ja schon bald selbst zu ihm...« Sie schwieg einen Moment, und dann fügte sie hinzu: »›Bloß schade ist's, daß wir, in dieser andren Welt, uns nicht erkennen werden‹ ...« zitierte sie.

»Doch, doch, wir werden uns erkennen«, sagte Nonna. Da war sie sich ganz sicher.

»Möchten Sie noch einen Tee?« erinnerte sich die Diva mit einem Mal. »Ich habe auch gutes Gebäck.«

»Nein, nein, danke. Wir werden uns später noch sehen.« Nonna verabschiedete sich und ging.

An der Garderobe saß ein kräftiger alter Mann und deklamierte mit wohlklingender Stimme. Eine vertrocknete alte Frau mit geradem Rücken hörte ihm zu. »Jetzt ist die Zeit der Gewissenlosen angebrochen!« tönte der Alte. »Alle alten Werte gelten nichts mehr. Und neue Werte hat man sich noch nicht ausgedacht. Jetzt gibt es nur noch einen Wert – das Geld!«

»Aber das ist doch ein sehr alter Wert«, reagierte die Alte. »Alles genau wie früher.«

Nonna verließ das Altenheim.

Ringsumher lag Schnee, ein kalter Wind wehte. Aber über ihr war der Himmel dunkelblau und jung. Und die Dörfer verharrten in Erwartung des Glückes wie ein Mädchen auf dem Ball.

Nonna stieg in den Bus. Sie konnte einen Fensterplatz ergattern. Es war gut, weit zu fahren, aus dem Fenster zu schauen und nichts tun zu müssen.

›Zu Hause denkt man einfach nicht daran. Man lebt, und fertig‹, hatte die Diva gesagt. Das war wohl das Wesentliche.

Tante Tossja war von morgens bis abends mit wichtigen Dingen beschäftigt. Der Alltag hielt sie in Gang. Morgens machte sie das Frühstück. Keine Butterbrote. Es gab selbstgekochten Hirsebrei (das sollte gesund sein) und dazu Vitamine: einen geriebenen Apfel, Honig, Trockenfrüchte.

Später ging sie einkaufen. In den Geschäften waren alle Verkäuferinnen ihre Freundinnen. Sie wußte alles von allen. Sina vom Gemüsegeschäft war ein Unglück zugestoßen: Ihr Sohn war von einem Auto angefahren worden. Gott sei Dank war er noch am Leben, aber er hatte schwere Brüche. Eine junge Frau hatte am Steuer gesessen, durchaus nicht betrunken. Es war einfach dunkel gewesen, keine Straßenbeleuchtung hatte funktioniert. Die junge Frau kam am nächsten Tag zu Sina, brachte ihr in Zellophan verpackte Dollars. Sie solle die Anzeige bei der Miliz doch bitte zurückziehen. Sina war völlig durcheinander, sollte sie das Geld nehmen oder nicht ... Einerseits: Es wäre gut, wenn sie eingebuchtet würde. Sollte sie ruhig merken, daß das Leben nicht nur ein Honigschlecken war. Aber andererseits: Sie hatte es doch nicht absichtlich getan …

»Das würde ja auch grad noch fehlen, daß sie es absichtlich getan hätte«, meinte Tante Tossja.

Die Kolleginnen im Geschäft hatten sich in zwei Lager gespalten.

»Wenn sie nicht bestraft wird, fährt sie noch andere platt!« tönte es aus der Abteilung für Wein und Wodka. »Die soll ruhig sitzen!«

Die Backwarenabteilung war nicht einverstanden.

»Die kauft sich sowieso frei. Dann trägt sie das Geld bloß zum Richter. Da soll Sina es doch lieber nehmen …«

So kam Tante Tossja voller neuer Eindrücke nach Hause. Diese Eindrücke reichten ihr für eine ganze Woche.

Das Mittagessen war keine Routine, es war jedesmal ein schöpferischer Akt. Zum Beispiel: Hähnchenbrüstchen, leicht angebraten, mit Gemüse, und zum Schluß – Achtung, jetzt kommt es! – mit Ananasscheiben. So entstand ein süßsaures, chinesisches Gericht. Du ißt es und vergehst vor Glück. Und Tante Tossja stand daneben und labte sich an der Widerspiegelung dieses Vergnügens, sie war glücklich durch das Glück der anderen.

In Tante Tossjas Leben gab es, wenn man recht darüber nachdachte, nichts anderes. Sie hatte nur die Liebe zu ihrer Tochter, die ihr jegliche andere Liebe ersetzte. Und diese Tochter sollte ihr als Antwort das Zimmer Nummer neun geben, in dem das Leben nur noch in eine Richtung floß?

Der Bus war vor ihrem Haus angelangt, Nonna stieg aus. Sie hob den Kopf.

Tante Tossjas bleiches Ziegengesicht tauchte oben am

Fenster auf. Sie wußte von nichts und sollte auch nichts erfahren. Nonna würde ihr nichts sagen, kein Sterbenswörtchen. Sie würde mit ihrer Mutter den ganzen Weg gehen und ihr am Ende die Hand halten. Und dort, wer weiß, war vielleicht der Tod nicht ein Punkt, sondern ein Komma...

Nonna winkte ihrer Mutter zu. Tante Tossja freute sich, und sogar durch das Doppelglas konnte man sehen, wie ihr Gesicht aufleuchtete.

›Wenn das Böse in die Welt kommt, dann wenigstens nicht durch mich‹, ging es Nonna durch den Kopf. Von wem war das doch gleich? Nun ja, das war ja auch gleichgültig.

Salto mortale

Alexandra Petrowna kämpfte sich mit zwei schweren Einkaufstaschen in die fünfte Etage hoch. Auf jedem Treppenabsatz verschnaufte sie einen Moment.

Das Haus war alt, es war in den dreißiger Jahren gebaut worden. Es hatte keinen Aufzug, obwohl genug Platz dagewesen wäre: in der Mitte des Treppenhauses war ein großer Schacht. Einmal hatte sich eine junge Frau hineingestürzt. Zuerst ist sie gesprungen, dann hat sie es sich vielleicht anders überlegt, aber da war es schon zu spät. Wenn man den Lift endlich einbauen, den Raum ausfüllen würde, käme wenigstens niemand mehr auf die Idee, sich zu Tode zu stürzen.

Alexandra Petrowna setzte ihre Taschen im zweiten Stock ab. Sie machte eine Pause. Ihr Herz schlug nicht mehr so gleichmäßig wie früher, der Motor wurde langsam schwächer. Früher hatte sie ihr Herz gar nicht wahrgenommen, hatte nicht einmal gewußt, auf welcher Körperseite es saß, links oder rechts. Ihr junges Herz hatte alles gekonnt: lieben, leiden und das Blut durch ihren Organismus jagen. Und jetzt – weder das eine noch das andere. Sie war es müde zu leiden, sie war zu faul zum Leben. Eigentlich lebte sie nur noch aus Gewohnheit.

Alexandra Petrowna war eine werdende Greisin. Fünfundfünfzig ist die Jugend des Alters. Sie gab musikalischen Grundlagenunterricht an einer Schule, die dem Konservatorium angeschlossen war. Und sie besuchte Konzerte. Sie verfolgte die musikalische Entwicklung des Landes. Dieser Prozeß brach merkwürdigerweise nicht ab. Die Sowjetunion krachte zusammen, aber die Musik blühte und gedieh wie eine unsterbliche Seele. Es tauchten neue Musiker auf, um nichts schlechter als die alten.

Es war seltsam: In den dreißiger Jahren lebte man schlecht, aber man baute gut. Das Haus stand immer noch, es war wie eine Burg, von guter Qualität und durchaus schön.

In den neunziger Jahren lebten die Menschen nach dem Motto ›jeder für sich, was geht mich das Land an‹, und die Künste blühten, es wurden Wunderkinder geboren. Wie war das zu verstehen? Das eine hing wohl nicht vom anderen ab. Talent und Alltagsleben haben nichts miteinander zu tun.

Alexandra Petrowna nahm ihre Taschen auf und bewegte sich weiter nach oben. Sie ging zwei weitere Treppenabsätze hinauf. Wieder eine Atempause. Sie hob den Kopf und sah nach oben. Das Haus hatte fünf Stockwerke. In der letzten Zeit wurden viele Wohnungen des Hauses von den ›neuen Russen‹, den schnell Reichgewordenen gekauft. Das Haus hatte dicke Wände, wie eine Festung. Heute baute man so nicht mehr, man sparte am Material. Und natürlich die Lage, mitten im Zentrum, an einer ruhigen Kreuzung. Einen besseren Ort gab es nicht. Ruhig gelegen, und trotzdem war alles nah.

Die Wohnung hatte ihr Mann bekommen. Er hatte an

einer Militärakademie unterrichtet. Um ein Haar wäre er General geworden.

Ihr Mann war zwanzig Jahre älter als sie gewesen. Gleichaltrig mit ihrer Mutter. Zwischen ihnen war ein ständiger Krieg im Gange gewesen. Ein Kampf um die Macht. Der Kriegsgrund war sie gewesen, sie, Alexandra, genannt Schura.

Die Mutter war es gewohnt gewesen, die Hauptperson und überhaupt die einzige Person in Schuras Leben zu sein, aber Schuras Mann war ein Militär, ein Beinahe-General. Er war es gewohnt zu befehlen und andere sich unterordnen zu lassen. In der Armee ordnet man sich unter, und zwar widerspruchslos. Man fragt nicht, man macht keine Einwände. ›Zu Befehl, General!‹ – und die Hand an die Mütze.

Aber die Schwiegermutter war ungebildet, laut und geschäftig, sie wollte die Oberherrschaft über den Oberst, den Beinahe-General haben. Das war natürlich lächerlich.

Der Oberst war sehr direkt und gradlinig wie ein dicker Balken, wie man auf russisch sagt. Keine Diplomatie, keine Kompromisse. Sollte sich die Intelligenzija verbiegen, bei ihm gab es nur ›ausführen‹ oder ›verweigern‹.

Schura witschte zwischen den beiden hin und her, versuchte, das Unvereinbare zu vereinen.

Es endete damit, daß der Oberst seine Schwiegermutter schlicht nicht mehr zur Kenntnis nahm. Er sah durch sie hindurch. Als wenn da kein Mensch gewesen wäre, sondern ein leerer Fleck. Nach dem Essen sagte er nicht ›danke‹. Er aß schweigend, stand auf und ging weg.

Es war schrecklich. Schuras Mutter stand auf ihren

kranken Beinen am Herd, erschuf ein dreigängiges Menü. Sie verwendete nicht weniger als drei Stunden darauf, und dieser Militärholzkopf setzte sich an den Tisch, fraß in zehn Minuten ihren Morgen, ihre Kräfte und all ihr kulinarisches Talent auf – und ging mit unbewegter Miene davon.

Sogar zu einem Kellner im Restaurant sagt man doch ›danke‹, obwohl man dort sogar für alles bezahlt.

Aber andererseits: Ein Ehemann war ein Ehemann. Das bedeutete Schutz, ein Versorger, der Vater ihrer Tochter. Und im übrigen: ein schöner Mann. Ein echter Stirlitz, er war ihm wie aus dem Gesicht geschnitten. Nur daß Stirlitz rotbraunes Haar gehabt hatte, und Schuras Mann war rotblond. Aber er war genauso wichtig und unersetzlich. Die ganze Gegenwart und Zukunft waren mit ihm verbunden. Wenn die Schwiegermutter einmal aus dem Haus war (beispielsweise im Sanatorium), wenn sie beide nichts störte und ihnen niemand zwischen den Füßen herumlief – dann war da plötzlich ein stilles Glück zwischen ihnen beiden. Wie die Hitze im August.

Aber die Mutter war eben die Mutter. Und dann war da noch das Wohnungsproblem. Man mußte sich mit den Tatsachen abfinden.

Es war unmöglich zu wählen, obwohl ihre Mutter ständig das Problem der Wahl heraufbeschwor. Sie hetzte Schura gegen ihren Mann auf, gab keine Minute Ruhe. Schura hatte schon Herzbeschwerden. Ihr Herz schlug viel zu schnell.

Schura war sicher, daß sie als erste von ihnen drei sterben würde. Aber da hatte sie sich geirrt.

Schura stieg noch zwei Treppenabsätze höher hinauf. Dann blieb sie stehen. Die Treppe war alt, sanft ansteigend und bequem. Am Geländer war ein Handlauf aus Eiche, von vielen Handflächen poliert. Wieviel war mit dieser Treppe verbunden. Auf dieser Treppe hatte sie den Kinderwagen ihrer kleinen Tochter hoch- und runtergeschleppt. Über diese Treppe hatten sie den Oberst ins Krankenhaus getragen. Da war er siebzig Jahre alt gewesen. Nicht jung, aber auch noch nicht alt. Er hätte gut und gern noch zehn Jahre länger leben können.

Schura war damals fünfzig gewesen. Aber sie hatte ausgesehen wie dreißig. Die Lippen schminkte sich Schura damals intensiv rot. Damit sah sie aus wie eine überreife Erdbeere, die besonders süß und aromatisch war. Direkt zum Anbeißen.

Der behandelnde Arzt, ebenfalls ein Oberst, rief Schura damals in sein Büro. Er goß ihr ein Glas Wodka ein und teilte ihr mit, daß ihr ›Stirlitz‹ Lungenkrebs im letzten Stadium hatte.

»Wie lange hat er noch zu leben?« fragte Schura.

»Nicht mehr lange«, antwortete der Arzt.

»Aber er hat es doch am Herzen...«, sagte Schura ungläubig. Ihr Mann hatte sich oft über sein Herz beklagt und Medizin gegen den Druck auf dem Herzen genommen.

»Das hängt alles zusammen«, sagte der Arzt.

Er hatte eine ungesunde Gesichtsfarbe, und Schura erriet, daß er Alkoholiker war.

Schura trank noch einen Wodka, um die Neuigkeit hinunterzuspülen. Aber es wurde nur schlimmer. Jetzt war ihr erst richtig elend zumute.

Sie ging zu ihrem Mann zurück und fragte: »Willst du etwas essen? Einen Apfel vielleicht?«

»Du bist mein Äpfelchen, du!« sagte der Oberst.

Das war die größte Liebes- und Dankbarkeitserklärung, die er ihr je gemacht hatte. Denn der Beinahe-General war zurückhaltend und asketisch im Ausdruck seiner Gefühle.

Er starb innerhalb einer Woche in ihren Armen. Schura sah seinen letzten Blick in diese Welt, Entsetzen lag darin. Er konnte nur noch sagen: »Und das ist jetzt das Ende ...«

Also war das Ende schrecklich. Oder vielleicht war die Trennung schrecklich? Der Mensch geht ins Nichts. In die Nacht hinein. Und all dieses Gerede über die Unsterblichkeit der Seele waren nur Worte.

Schura kehrte nach Hause zurück und sagte zu ihrer Mutter: »Pawel ist gestorben.«

Ihre Mutter fing so laut und verzweifelt zu schreien an, daß gegenüber auf dem Nachbarhaus eine Schar Krähen in die Höhe flog. Schura sah, wie sie davonstoben.

Ihre Mutter schluchzte und jammerte: »Wie schlecht es uns jetzt gehen wird, sooo schlecht ...«

Schura verstand ihre Mutter nicht. Der Mann, der ihr – nun ja, nicht gerade Feind, aber doch ihr Widersacher gewesen war, war gestorben. Wieso litt sie nun so?

Erst später verstand sie. Die Reibung zwischen den Charakteren hatte eine Spannung erzeugt, von der sich ihre Mutter genährt hatte. Ihre Mutter hatte daraus Adrenalin gezogen, das ihr nun, in ihrem Greisinnenleben, fehlte. Aber ihre Mutter war eigentlich keine Greisin. Sie war eine Jugendliche, die nur schon etwas länger gelebt hatte. Mangels anderer Eindrücke hatte sich ihre Mutter vom Widerstand gegen Pawel genährt, und auf ihre Art hatte sie ihn geliebt. Wie ein Hund sein Herrchen liebt. Sie hatte in ihm den Boss gespürt.

Wenn der Oberst jetzt hätte hören können, wie die Schwiegermutter ihn beweinte, ihn betrauerte…

Schuras Tochter wanderte mit ihrem Mann nach Australien aus. Was sie dort bloß wollten…

Die Tochter war also weit fort. Pawel war tot. Schura und ihre Mutter blieben zu zweit allein in der riesigen Generalswohnung.

Ein Jahr später starb auch die Mutter. Es war, als ob der Oberst sie zu sich gerufen hätte. Ihm war es wohl langweilig, dort oben allein. Da hatte er niemanden zum Kräftemessen.

Die Mutter war eingeschlafen und nicht mehr aufgewacht. Vielleicht hatte sie nicht einmal bemerkt, daß sie starb. Ein leichter Tod war ihr geschenkt worden, vielleicht zum Ausgleich für ein hartes Leben.

So blieb Schura allein übrig. Sie versuchte, einen Kater zu halten, doch der lief weg. Sie hätte ihn wohl kastrieren lassen müssen, doch er hatte ihr leid getan. Wozu ein Lebewesen verkrüppeln, nur wegen menschlicher Interessen…

Wie schwer es war, allein zu leben, wenn man mit keinem Menschen ein Wort wechseln konnte.

Der einzige Seelentröster war der Fernseher. Schura hing am Fernseher wie ein Süchtiger an der Nadel. Aber auch im Fernsehen gab es nur leben und leiden. Man stahl, man tötete, alles nur des Geldes wegen. Geld war mehr wert als ein Menschenleben. Geld wurde zur nationalen Idee. Früher zogen sie in den Krieg für den Glauben, den Zaren und das Vaterland, und jetzt für einen Haufen Edelsteine, für den Zugang zum Erdöl. Die Nation verkam. Alles wurde verkauft und gekauft, Ehre und Gewissen inklusive. Und die Parlamentsabgeordneten sahen die Staatsmacht als ihren Selbstbedienungsladen an. Niemand kümmerte sich wirklich um das Land.

Schura liebte die sowjetischen Filme der siebziger Jahre. Und sie sehnte sich nach dieser Zeit zurück. Da war sie noch jung gewesen, ihre Mutter war noch gesund und munter, und Pawel war damals Oberleutnant gewesen. Er machte ihr den Hof und kam zu ihnen nach Hause. Und ihre Mutter kochte eine Pilzsuppe aus getrockneten Champignons. Noch jetzt konnte sie das Aroma riechen. Ihre Mutter hatte goldene Hände. In ihnen steckte kulinarisches und menschliches Talent. Und was auch immer sie tat, es war immer etwas Besonderes, herausragend und ungewöhnlich. Und immer sprühten Fünkchen aus ihren braunen Augen. Ihr Blick war scharfsichtig, leidenschaftlich und kraftvoll. Ach, Mama…

Schura stieg langsam in den fünften Stock hoch. Neben dem Heizkörper hatte es sich ein grauhaariger Mann bequem gemacht. Er sah aus wie ein Ingenieur aus den siebziger Jahren und trug einen webpelzgefütterten Kunstledermantel.

Allgemeiner Eindruck: ein Ingenieur – kein Unhold, nur ein ganz gewöhnlicher Mensch, und ein Ingenieur hatte eben keinerlei besondere Kennzeichen. Dafür aber um so mehr Bescheidenheit und Schicksalsergebenheit, das Wissen um die Unmöglichkeit, etwas zu verändern. All das konnte man in den Augen dieses da sitzenden Menschen ablesen.

»Was machen Sie hier?« fragte Schura.

»Ich wärme mich auf«, sagte der Ingenieur bloß.

»Und wieso hier?«

»Weil es der oberste Stock ist«, erklärte der Ingenieur.

»Ja und?« fragte Schura verständnislos.

»Kommen weniger Leute vorbei. Schmeißt einen niemand raus.«

»Sind Sie etwa obdachlos?«

»In gewissem Sinne«, antwortete der Ingenieur und fügte dann hinzu: »Bitte, schicken Sie mich nicht weg.«

»Nein, nein, dann bleiben Sie eben sitzen«, sagte Schura beschämt.

Und sie dachte bei sich: Was es nicht alles gibt, ein anständiger Mann, und sitzt da wie ein Vagabund... Vielleicht hat man ihn aus seiner Wohnung geworfen? Möglicherweise war er ein Opfer von Wohnungsspekulanten geworden...

Schur schloß ihre Wohnung auf.

Sie trat ein. Dann hängte sie den Mantel an die Garderobe, packte in der Küche die Taschen aus. Sie zog eine Flasche Sekt aus dem Kühlschrank. Sekt trank sie ab und zu ohne besonderen Anlaß. Er hatte Kohlensäure. Das tat dem Herzen gut.

Schura hatte schon einen Vorgeschmack davon, wie sie abends vor dem Fernseher ein Kristallglas mit hohem Stiel hervorholen und den erwünschten Frieden genießen würde, genauso wie das wohltuende Alleinsein. Es hatte sich herausgestellt, daß Frieden und Einsamkeit die beiden Enden desselben Stabes waren. Aber die absolute Ruhe und die absolute Einsamkeit – das war schon kein Leben mehr. Das war das, was ihre Mutter und Pawel erreicht hatten, die beiden Menschen, die ihr am wichtigsten waren.

Schura legte die eingekauften Lebensmittel dorthin, wo sie hingehörten: etwas ins Gefrierfach, etwas in den Kühlschrank, Mehl in den Küchenschrank.

Der Ingenieur ging ihr nicht aus dem Kopf. Wieso saß er auf der Treppe? Er war doch schließlich ein Mensch und kein Hund.

Schura trat auf den Treppenabsatz hinaus. Der Ingenieur las Zeitung.

»Entschuldigen Sie, sind Sie nicht hungrig?« fragte Schura.

Der Ingenieur ließ die Zeitung sinken. Er schwieg.

»Wann haben Sie zum letzten Mal was gegessen?« fragte Schura nach.

»Gestern.«

»Möchten Sie einen Teller Suppe?«

Der Ingenieur schwieg. Es fiel ihm genauso schwer, ja zu sagen, wie abzulehnen.

»Kommen Sie herein«, sagte Schura einladend.

Der Mann erhob sich. Er trug schwarze Jeans und teure Halbschuhe. Obdachlose sind nicht so angezogen, dachte Schura. Der Ingenieur sah eher aus wie ein Rassehund, der sein Herrchen verloren hatte. Er hatte tiefe Falten im Gesicht, die Nase war ein wenig schief, wie bei dem Schauspieler Belmondo. Sein Gesicht war männlich, aber sein

Lächeln kindlich, und er hatte große dunkelblaue Augen. Man hatte gar keine Angst, ihn hereinzubitten. Das Gesicht sagt – wie ein Dokument – viel über einen Menschen aus. Und wer Augen hat, der sieht.

Ihr Mann Pawel beispielsweise hatte ein Gesicht, aus dem sofort klar ersichtlich war, daß er ein ehrlicher, anständiger Mensch war. Und was hatten die heutigen Politiker für Gesichter? Heuchler und Halsabschneider waren sie allesamt.

Der Ingenieur trat ein. Er zog die Schuhe aus.

Schura reichte ihm ein Paar Hausschuhe, nicht die von Pawel, nein, nicht die. Die für Gäste, ziemlich häßliche.

Der Ingenieur kam in die Küche und setzte sich an den Tisch.

Schura holte eine Flasche Wodka hervor. Sie stellte Gläschen in Form eines kristallenen Stiefels auf. Und sie füllte einen tiefen Suppenteller. In der Suppe war Reis, Hammelfleisch und Knoblauch. Sie war sehr nahrhaft und sättigte für einen ganzen Tag.

Der Ingenieur senkte den Kopf und begann zu essen. Schura setzte sich ihm gegenüber. Sie wollte ihn nicht mit Fragen behelligen, aber dann konnte sie sich nicht mehr zurückhalten.

»Sind Sie ein Zugezogener?« fragte sie.

»Nein, ich bin Moskauer.«

»Und was machen Sie so?«

»Ich streune durch die Gegend«, sagte der Ingenieur direkt.

»Und wieso?«

»Es hat sich so ergeben.«

Er hatte seinen Teller geleert und lehnte sich zurück.

»Meine Frau ist gestorben, meine Tochter hat sich in einen Gauner verliebt. Sie hat ihn nach Hause mitgebracht. Und der Gauner hat mich rausgeworfen. ›Hau ab‹, hat er gesagt, ›sonst bring ich dich um!‹ Da bin ich eben gegangen.«

»Wohin?«

»Nirgendwohin.«

»Ist das schon lange her?«

»Zehn Tage.«

»Und wo schlafen Sie?«

»Im Bahnhof.«

»Haben Sie denn keine Freunde?«

»Schon. Aber es ist mir unangenehm.«

»Was ist unangenehm?«

»Daß Tanja einen Gauner angeschleppt hat. Aber Tanja weiß es selbst ja gar nicht. Er lügt ihr was vor.«

»Und warum haben Sie es ihr nicht gesagt?«

»Tanja ist schwanger, sie darf sich nicht aufregen.«

»Haben Sie sich nicht an die Polizei gewandt?«

»Tanja braucht ihn jetzt mehr als mich. Sie liebt ihn. Und er sie auch.«

»Wie kann ein Gauner lieben?«

»Genau wie andere auch. Das sind auch Menschen.«

»Aber schlechte Menschen«, verbesserte Schura.

»Die sind einfach anders.«

»Na, Sie sind ja merkwürdig…« sagte Schura. »Man hat Sie aus Ihrer Wohnung vertrieben, und Sie versuchen auch noch, den Kerl zu verstehen. Sie Tolstoianer, Sie…«

»Wenn ich Geld hätte, würde ich mir eine eigene Wohnung mieten. Aber das ganze Geld ist wegen der Krankheit meiner Frau draufgegangen. Für die Behandlungen. Und mein Gehalt ist nicht der Rede wert.«

»Sie sind noch nicht alt. Sie könnten den Job wechseln.«

»Er hat mir den Paß weggenommen. Also existiere ich sozusagen nicht.«

»Was für eine Unverschämtheit!« sagte Schura und schlug vor Empörung sogar mit der Hand auf den Tisch. »Wenn Sie wollen, dann rede ich mit ihm.«

»Mit wem?« fragte der Ingenieur verständnislos.

»Na, mit dem Gauner.«

»Und was wollen Sie ihm erzählen?«

»Ich sage ihm, daß er … im Unrecht ist.«

»Das ist ein ernstes Argument«, sagte der Ingenieur und lächelte. Dann stand er auf: »Vielen Dank.«

»Warten Sie. Wollen Sie noch Suppe? Auf Vorrat …«

»Ich esse nicht auf Vorrat. Ich bin wie ein Hund.«

Der Ingenieur ging in den Flur. Er zog seine Halbschuhe an.

Plötzlich tat er Schura leid. Wohin würde er jetzt gehen, so rausgeworfen, heimatlos …

»Lügen Sie auch nicht?« fragte sie plötzlich.

»Nein. Wieso fragen Sie das?«

»Es klingt einfach so unwahrscheinlich …«

»Stimmt«, sagte der Ingenieur. »Das Leben versorgt einem manchmal mit Sujets, die sich kein Schriftstellerhirn ausdenken könnte.«

Der Ingenieur zog seinen Kunstledermantel an, dann stand er da, mit der Mütze in der Hand.

Von ihm ging eine ruhige, friedliche Energie aus. Es war

merkwürdig. Ein Mensch, der sich in einer solchen Streßsituation benahm, als ginge ihn das alles gar nichts an, als passiere das einem anderen, und er wäre nur der Zuschauer.

Wie sich wohl Pawel an seiner Stelle verhalten hätte? Er wäre natürlich sowieso nie in so eine Lage geraten. Obwohl, woher konnte man das wissen…

»Kommen Sie morgen wieder«, lud Schura ihn plötzlich ein.

»Wann?«

»So wie heute. Um sechs Uhr abends. Ich koche Ihnen einen Borschtsch mit Fleisch. Sie müssen doch wenigstens einmal am Tag etwas Warmes essen.«

»Danke«, sagte der Ingenieur bescheiden. In seinen Augen stand Dankbarkeit, aber ohne Unterwürfigkeit. »Ich komme gern.«

Dann ging er. Schura konnte sich selbst nicht verstehen. Warum hatte sie ihn nicht aufgehalten? Er hätte doch wenigstens übernachten können. Sie hatte ein freies Zimmer und ein Sofa. Da hätte er wenigstens normal schlafen können… Aber Schura stammte noch aus der ersten Hälfte des letzten Jahrhunderts. Das war so ähnlich wie aus dem Neolithikum. Ihre Generation war noch anders erzogen worden als die Perestroika-Generation.

Der Ingenieur war ebenfalls aus dem Neolithikum, und es konnte gut sein, daß er nicht mehr wiederkommen würde, weil er sich schämte.

Schura beschloß, nicht mehr daran zu denken, um sich nicht die Laune zu verderben. Aber sie kochte den Borschtsch, für alle Fälle. Sie legte ein großes Stück Fleisch in den Topf, samt Markknochen, und fügte alles Weitere hinzu, genau wie es ihre Mutter getan hatte: Zitrone, Knoblauch, Suppengrün und eine Prise Zucker. Der Zucker war sehr wichtig, denn er weckte den verborgenen Geschmack. So einen wunderbaren Borschtsch konnte man unmöglich allein essen. Das wäre Frevel gewesen. Es wäre, als ob man allein in einem Konzertsaal säße und göttliche Musik hörte. Man brauchte doch das Miterleben des anderen. Das Mit-Gefühl. Einsamkeit, das war das Fehlen dieses ›Mit‹...

Der Ingenieur kam genau um sechs Uhr. Er trug einen Weidenzweig in der Hand. Den hatte er wohl unterwegs abgerissen.

Schura stellte den Zweig in eine Kefirflasche. In ein paar Tagen würden sich Knospen bilden und dann die flauschigen Bällchen hervorbrechen. Das war viel besser als die üblichen Nelken.

Der Ingenieur war schüchtern, aber jetzt schon weniger als beim letzten Mal. Er war nicht mehr so reserviert. Er berührte die Steckdosen und bemerkte, daß eine von ihnen wackelte und warm wurde. Das war gefährlich. Dann bat er um einen Schraubenzieher und reparierte die Steckdose, so daß alles fest war.

»Wo haben Sie übernachtet?« fragte Schura.

»In einem Klinikwarteraum.«

In der Nähe befand sich eine Geburtsklinik. Vielleicht hatten sie dort gedacht, er sei ein werdender Vater oder Großvater.

›Wie sich die Zeiten geändert haben‹, dachte Schura.

›Anständige Leute werden zu Stadtstreichern, und Gauner leben in ihren Wohnungen.‹ Früher waren die kriminellen Kreise nicht mit der Intelligenzija in Berührung gekommen. Sie lebten auf verschiedenen Territorien, gehörten verschiedenen Gesellschaftsschichten an.

Aber jetzt vermischte sich alles. Nur noch ein einziger Saustall das Ganze. Und keiner wußte, wie dem Einhalt zu gebieten war. Man schaffte es einfach nicht. Außer man schloß sich zusammen.

»Hören Sie«, sagte Schura. »So kann es nicht weitergehen. Sie müssen zur Polizei gehen. Die sollen ihn verhaften.«

»Und meine Tochter ist dann mit dem Kind allein«, sagte der Ingenieur.

»Aber Sie haben doch ein Recht auf Ihre eigene Ecke in der Wohnung. Sie müssen wieder hin und sie verteidigen.«

»Dann bringt er mich um...«

»Aber Ihre Tochter... Wie kann sie so etwas ertragen?«

»Sie weiß es ja nicht. Bloß gut, daß meine Frau gestorben ist, daß sie diese Schande nicht mehr miterleben mußte. Sie war nämlich eine mit Idealen. Sekretärin einer Parteiorganisation.«

»Und Sie?«

»Ich war nie in der Partei.«

»Und wo haben Sie gearbeitet?«

»Im ›Wissenschaftlichen Institut für Ingenieurwesen‹. Ich war Oberingenieur bei einem Projekt. Diese Einrichtung gibt es jetzt nicht mehr.«

»Und wohin sind die Ingenieure gegangen?«

»Wie's grad kam. Manche sind ausgewandert. Andere

haben den Beruf gewechselt. Renovieren Wohnungen. Handeln mit Computerchips.«

Es klingelte.

Schura öffnete die Tür und erblickte ihre Nachbarin Rimma Korobowa.

»Hast du Likör?« fragte Rimma.

»Nein. Aber Sekt habe ich.«

»Ich brauche aber Likör. Es ist für ein Kuchenrezept.«

Schura überlegte.

»Und Portwein, geht der? Den hab ich nämlich.«

»Könnte man mal probieren.«

»Dann komm rein«, sagte Schura gastfreundlich.

Rimma kam herein und sah den Ingenieur.

»Guten Tag«, sagte Rimma erstaunt. Sie hatte nicht angenommen, in Schuras Wohnung einen Mann anzutreffen.

»Das ist ein Verwandter von mir«, stellte Schura vor. »Aus der Ukraine. Macht euch bekannt.«

»Ich bin Rimma...«

»Oleg Petrowitsch. Genannt Alik...«

›Könnte einen Enkel kriegen und nennt sich noch Alik, wie ein kleiner Junge...‹, dachte Schura. ›Was für eine infantile Generation wir doch sind...‹

Rimma war vierzig. Vor einem Jahr hatte sie ihr Mann Wolodja sitzenlassen. Er war reich geworden und hatte sie verlassen. Den russischen Männern steigt der Reichtum zu Kopfe. Sie denken, sie können sich dann alles erlauben.

Wolodja hatte auch früher schon zu Seitensprüngen geneigt, aber da hatte er immerhin noch ein Gewissen gehabt. Aber in der letzten Zeit hatte er völlig über die Stränge geschlagen. Er hatte wohl gedacht, daß Rimma sich wegen des Geldes alles gefallen lassen würde. Aber Rimma ließ sich das nicht bieten. Sie sagte: »Hau bloß ab!«

Und Wolodja haute tatsächlich ab.

Rimma erwartete, daß er wieder angekrochen käme. Sie dachte, er würde es sich bestimmt wieder anders überlegen. Aber Wolodja war blitzartig verschwunden, wie eine Küchenschabe, wenn das Licht angeht. Eine ältere Schülerin wartete schon auf ihn, gut fünfundzwanzig Jahre jünger als er. So was war jetzt Mode. Die heutigen Männer hatten Potenzprobleme, und einen knackigen jungen Körper neben sich zu haben half wohl, über diese Probleme hinwegzutäuschen. Eine junge Freundin war wie ein Markenzeichen, oder besser gesagt, wie ein Gütesiegel.

Rimma wurde schwarz vor Kummer, sie verbrannte innerlich. Schura bedauerte sie, aber sie verbarg ihr Mitleid. Denn Rimma ertrug keinerlei Mitleid. Ihr Stolz erlaubte das nicht. Aber ganz allmählich wurde ihr Gesicht wieder heller, und irgendwann hatte sie es dann überstanden.

»Setz dich zu uns«, schlug Schura vor.

Rimma setzte sich. Ihr Rücken war gerade, der Hals lang. Ihr Köpfchen war klein, umrahmt von sauberen, duftenden hellen Haaren. Es war einem völlig unverständlich, was dieser dackelbeinige Wolodja mit dem Entenhintern noch mehr gewollt hatte.

Schura mochte diesen Verräter Wolodja nicht leiden, aber sie schwieg dazu. Denn Rimma war es genau gleich unangenehm, ob man ihren Exmann nun lobte oder beschimpfte.

Wenn man ihn beschimpfte, hieß das, daß man ihre Vergangenheit abwertete. Wenn man ihn lobte, dann hieß das, daß ihr ein Riesenfisch vom Haken gegangen war. Also schwieg Schura. Sie wußte, daß sowieso alles im Meer des Vergessens versinken würde. Nicht sofort, aber auf die Dauer sehr wohl. Sogar ein ganzes Menschenleben ist irgendwann zu Ende, was war dagegen schon eine Episode mit diesem Wolodja …

Schura nahm den Champagner heraus. Alik öffnete ihn geschickt. Er schenkte in die langstieligen Kristallgläser ein.

»Das ist mein Verwandter«, sagte Schura nochmals. »Er ist aus der Ukraine hierhergekommen, er sucht Arbeit.«

»Aus der Ukraine?« fragte Rimma verwundert. »Und ich habe gedacht, Sie sind Jude.«

»Das eine schließt das andere ja nicht aus«, sagte Alik. »In der Ukraine gibt es viele Juden. Sie siedelten sich immer dort an, wo es warm ist.«

»Aber die autonome Republik der Juden war doch Birobidshan«, entgegnete Rimma. »Und dort ist es kalt.«

»Drum sind sie ja auch nicht dort. Höchstens noch ein oder zwei.«

»Was für eine Art Arbeit suchen Sie denn?« fragte Rimma.

Alik sah verstört in die Richtung von Schura. Er konnte nicht lügen.

»Renovierungsarbeiten«, sagte Schura schnell.

»Und können Sie tapezieren?«

»Kein Problem«, meinte Alik.

»Und einen Partner haben Sie auch?«

»Wozu denn ein Partner«, meinte Schura. »Das wäre doch Geldverschwendung. Wir helfen ihm selbst weiter.«

»Und können Sie Auto fahren?« fragte Rimma wieder.

»Wieso brauchst du denn das?« fragte Schura neugierig.

»Um Kolka in die Schule zu fahren. Ich bin einfach nicht fähig, morgens um halb sieben wach zu werden.«

»Ich kann Auto fahren«, sagte Alik. »Aber ich habe kein Auto.«

»Aber ich habe eins. Ich habe alles: Wohnung, Auto und Geld.«

»Bloß kein Liebesglück«, setzte Schura hinzu, obwohl sie niemand gefragt hatte.

»Ich will auch gar keins«, sagte Rimma seelenruhig. »Da, wo Liebesglück ist – ist auch Verrat.«

Alik dachte nach. Seine Tochter hatte Liebesglück bekommen – und ihren Vater verraten, wenn auch unfreiwillig. Das Liebesglück war das wertvollste Gut, aber auch das unbeständigste.

»Und wo werden Sie wohnen?« fragte Rimma und sah Alik an.

»Na, bei mir«, sagte Schura schnell.

»Könnten Sie ab und zu bei mir übernachten? Ich komme manchmal spät heim. Und Kolka hat Angst, allein zu sein.«

»Klar, kann ich machen«, sagte Alik.

»Und ihn morgens in die Schule fahren? Dann von der Schule abholen. Na ja, und mit ihm Hausaufgaben machen.«

»Und was wirst du machen?« fragte Schura.

»Arbeiten. Leben. Wolodja bezahlt bloß Alimente und

ist frei wie der Wind. Ich will auch frei sein und nicht auf die Uhr schauen müssen. Ich muß ja mein Leben quasi von null wiederaufbauen.«

»Also wird Alik dein schnurrbärtiges Kindermädchen?« fragte Schura.

»Na und? Der Junge braucht doch einen Mann im Haus.«

»Dann seid ihr euch ja einig!« stellte Schura fest.

»Ich stelle Essen, Auto und Lohn«, zählte Rimma auf.

Alik blinzelte. Sein Schicksal sprang davon, überschlug sich, machte gerade einen Salto mortale – und kam wieder auf die Füße.

»Wir können es ja mal probieren...«, sagte er unsicher.

Schura schenkte nochmals Champagner ein. Sie stellte den Kassettenrekorder an. Musik erklang. Es war ein Tango.

»Damenwahl!« verkündete Schura.

Rimma stand auf und forderte Alik zum Tanz auf. Und dann passierte ein kleines Wunder. Alik tanzte sehr gut und raffiniert. Er ließ Rimma geschickt über seinen Arm kippen, und sein Arm unter ihrem Rücken war stark und fest. Dann zog er Rimma wieder leicht in die Höhe und drückte sie an seine Schulter. Und auch seine Schulter war fest, wie aus einem Guß. An so eine Schulter konnte man sich gut anlehnen.

Das Leben kam in seine Gleise. Heute noch arm und elend, morgen schon Gewinner. Aber vielleicht waren sie ja auch gar nicht arm und elend gewesen. Die Hauptsache war, sich zusammenzuschließen und zusammen dem Unglück die Stirn zu bieten.

Abends brachte Rimma den kleinen Kolka herüber und verschwand irgendwohin. Alik, Schura und der Junge blieben zu dritt allein. Sie sahen zusammen fern und tauschten ihre Eindrücke aus. Das ›Mit‹ war nach langer Abwesenheit wieder ins Haus zurückgekehrt. Und es sah ganz so aus, als wären hier nicht drei verwaiste Einzelpersonen anwesend, als wären sie nicht Witwe, ein verlassenes Kind und King Lear, sondern eine vollwertige Familie, die sich nach langer Trennung wieder gefunden hatte.

Von unserem Fenster aus

Der junge Regisseur Sergej Tischkin fuhr zu einem Filmfestival. Das Festival war klein und hatte kein sonderlich gutes Renommee. Das Städtchen, in dem es stattfand, war ziemlich provinziell. Aber Tischkin war ja auch noch Anfänger und hatte wenig Selbstsicherheit. Doch er begriff, daß so ein Festival wie ein Trampolin war, es konnte einem einen Schubs Richtung Aufstieg verpassen. Es war ein Ort, wo konkurriert und gewonnen wurde, und gleichzeitig bot es das volle Entspannungsprogramm: saufen und mit jungen Schauspielerinnen schlafen. Die jungen Schauspielerinnen wollten Liebe und Erfolg. Für sie war das Festival eine Chance, Regisseure auf sich aufmerksam zu machen, deshalb waren sie da.

Sergej Tischkin jedoch beschloß, sich ganz einfach einmal auszuschlafen. Er und seine Frau hatten vor kurzem ein Kind bekommen. Seine Frau war so erschöpft, daß sie sich kaum noch auf den Beinen halten konnte, und Sergej hatte sie nachts immer abgelöst. Dann hielt er sein kleines Mädchen auf dem Arm, besah sich voller Liebe das winzige Gesichtchen mit dem Stupsnäschen und dem kleinen Strich als Mund. Wie winzig seine Kleine war, wie hilflos … Wenn er sie beispielsweise fallen ließe, wäre sie sicher gleich tot. So ein Winzling war völlig von den Erwachsenen abhängig, die Hilflosigkeit war seine einzige Waffe. Tischkins Herz zersprang fast bei solchen Gedanken. Er drückte seinen Schatz an die Brust, und auch das tat er zitternd und vorsichtig. Denn selbst ein solcher Liebesanfall konnte ja gefährlich sein für so ein kleines Wesen.

Seine Frau hatte vom Stillen eine Brustdrüsenentzündung bekommen, das Fieber war einmal sogar auf vierzig Grad gestiegen. Die Leidenschaft, die sie einst füreinander empfunden hatten, war verflogen. An Stelle der Leidenschaft war grenzenlose Fürsorge getreten und nicht enden wollende Arbeit und unaufhörliche Geschäftigkeit um das neue Menschlein herum.

Tischkin hatte gedacht, das Erscheinen eines Kindes in der Familie bedeute ein Glück und nur ein Glück. Und nun stellte sich heraus, sosehr es ein Glück war, sosehr war es auch mit Arbeit verbunden, mit schlaflosen Nächten und ständigen Sorgen.

Tischkin war mit starken Schuldgefühlen gegenüber Frau und Kind zu dem Festival gefahren. Er hatte sich kaum trennen können, aber seine Frau hatte darauf bestanden. Sie stellte die Interessen ihres Mannes immer über alles. Welch ein erstaunlicher Charakter. Dazu war sie auch noch hübsch und genügsam. Sie hatte alles, um ein gemeinsames Leben aufzubauen und nicht nur eine Affäre mit jemandem zu haben. Sie liebte ihren Mann, und die Familie war ihr Ein und Alles. Wenn man jemanden liebt, lebt man gern für seine Interessen.

Dann kam die Schwiegermutter zu Besuch, die eine echte Unterstützung bedeutete. Seine Frau und das Töchterchen waren nicht allein, sondern mit einem nahen Menschen zusammen. Er konnte also beruhigt fahren, aber trotzdem ...

Die Eröffnungsfeier war am Abend. Zuerst fand ein Konzert statt, danach gab es ein Bankett.

Im Restaurant sitzend, betrachtete Tischkin die einzelnen kleinen Tische, automatisch registrierte er die Blicke, die ihm schöne Frauen zuwarfen. Einfach so, pure Gewohnheit. Auch einen kleinen Seitensprung hätte er nicht ausgeschlossen. Er betrachtete das nicht als Verrat an seiner Familie. Das eine hatte mit dem anderen gar nichts zu tun.

Es waren schöne Schauspielerinnen anwesend. Doch den Schönen mußte man den Hof machen, sie mit Worten umgarnen, ihnen verlockende Perspektiven aufzeigen. Und Tischkin wollte immerzu nur schlafen und konnte eine Frau im Moment nur als Mittel zu späterem guten Schlaf betrachten. Und welche schöne Frau würde sich schon mit einer so kleinen Rolle zufriedengeben, mit der Rolle einer Schlaftablette?

Tischkin hörte auf, sich umzusehen, er aß und trank einfach und unterhielt sich. Aber vor allem hörte er zu, wer was sagte. Es wurde jede Menge Blödsinn geredet. Man schmeichelte sich gegenseitig. Natürlich, so eine Tischgesellschaft war kein ›runder Tisch‹, wo Gott weiß was für tiefschürfende Ideen geäußert werden. Aber *irgend etwas* zu denken wäre doch vielleicht angebracht ...

Alina kam auf Tischkin zu, sie war technische Mitarbeiterin des Festivals und wohnte vor Ort. Eine ihrer Aufgaben war die Zimmerverteilung.

»Entschuldigen Sie«, sagte Alina. »Darf ich den Schauspieler Gurin zu Ihnen ins Zimmer buchen?«

»Der ist doch schwul…«, sagte Tischkin erschrocken.

»Wie bitte?« Alina verstand nicht ganz.

»Na, schwul, homo, gay oder wie das heute heißt«, erklärte Tischkin.

»Na und?«

»Sie sind gut, selber ›na und‹. Ich will ihn nicht bei mir im Zimmer haben.«

»Und wo soll ich ihn unterbringen?«

»Weiß ich doch nicht. Wo Sie wollen.«

»Ich kann ihn nur bei Ihnen unterbringen, weil Sie noch jung und außerdem ein Anfänger-Regisseur sind.«

»Na gut, dann bekommt er mein Zimmer.«

»Und Sie?«

»Ich werde bei Ihnen übernachten.«

»Bei mir?« fragte Alina verwundert. Sie hatte die Ironie überhört und nahm den Vorschlag für bare Münze.

»Na, wieso nicht? Sie wohnen doch allein, oder?«

»Ja… das schon…«, antwortete Alina verstört. »Nun ja, wenn es Ihnen nichts ausmacht…«

»Macht mir nichts aus.«

»Gut, dann nehme ich Sie mit zu mir. Aber ich habe nur einen Schlüssel. Wir müssen zusammen heimfahren.«

»In Ordnung«, meinte Tischkin. »Wenn Sie nach Hause fahren, nehmen Sie mich einfach mit.«

Alina ging eilig davon, sie hatte noch viel zu tun. Tischkin sah ihr nach. Sie war ein bißchen blaß, aber nett, der Typ einer Kellnerin. Eine Feldblume der mittleren Breiten Rußlands. So eine würde ihn nicht hinterher mit Telefonanrufen belästigen und sich wie eine Klette anhängen. Es gäbe keinerlei Komplikationen.

Sie fuhren zusammen zu ihr nach Hause.

Alina wohnte in einem fünfgeschossigen Plattenbau, in einer Einzimmerwohnung.

Die ganze Stadt, mit Ausnahme des Altstadtkerns, bestand aus diesen armseligen Blocks. Die Fugen der Plattenbauten waren mit Pech verschlossen, damit das Wasser nicht hineinlief.

Vom Fenster aus sah man auf weitere Plattenbauten – eine deprimierende Aussicht. Wenn man dieses Bild jeden Tag sehen mußte, konnte man sich ja gleich aufhängen. Oder auswandern. Am besten in ein Land, in dem ein Mensch etwas wert war.

Alina hatte ein Bettsofa und ein Feldbett.

Gemeinsam klappten sie die Couch aus. Bis zum Feldbett kamen sie gar nicht.

Eine Weile konnten sie nicht sprechen.

Die Leidenschaft hatte Tischkin überflutet wie eine schwere Welle. Er hätte glatt Alinas Ohren abbeißen können. Sie wand sich unter ihm hin und her und fiel einmal sogar von der Couch. Tischkin wartete nicht, bis sie wieder hochkam, sondern stürzte ihr nach. Auf dem Boden war es bequemer, mehr Platz, und der Untergrund war gleichmäßiger.

Als alles zu Ende war, schwiegen sie lange, schwebten zwischen Himmel und Erde. Dann fragte er etwas. Sie antwortete träge. So fingen sie an, sich zu unterhalten.

Es stellte sich heraus, daß Alina fünfundzwanzig war. Sie arbeitete im ›weißen Haus‹, so nannte sich ihr Rathaus. Das ›weiße Haus‹ war tatsächlich weiß, aus weißem, besser gesagt grauem Kalkstein gebaut.

»Hast du einen Freund?« fragte Tischkin.

»Einen speziellen nicht. Aber allgemeine Freunde hab ich viele.«

»Schläfst du mit allen?« fragte Tischkin neugierig.

»Wie kommst du denn darauf? Natürlich nicht mit allen...«

Tischkin überlegte: ›Natürlich nicht mit allen‹, das hieß aber doch mit einigen.

»Was ist denn dein Auswahlkriterium?« fragte er.

»Na ja... er muß mir gefallen...«

»Und ich, ich gefalle dir?«

»Ganz wahnsinnig«, stimmte Alina zu. »Du hast mir auf den ersten Blick gefallen. Du bist mir schon am Bahnhof aufgefallen. Ich hab mir gleich gedacht: Mit dem könnte ich mir was vorstellen...«

Tischkin umarmte Alina voller Dankbarkeit. Sie paßte genau zwischen seine Arme und Beine, als wenn sie extra für ihn maßgefertigt worden wäre. Und ihre Haut fühlte sich so weich an wie Seide.

Wieder schwiegen sie. Tischkin wollte nicht von Liebe und Hoffnung sprechen, er wollte nicht betrügen. Aber schweigen konnte er auch nicht, so brach die Zärtlichkeit aus ihm heraus. Er wiederholte nur immer: ›Alja, Alja...‹ wie eine Beschwörungsformel.

Als sie wieder sprechen konnte, sagte sie: »Eigentlich heiße ich ja Dina.«

»Du kannst heißen, wie du willst. Für mich bist du Alja.«

Tischkin entdeckte in sich die Bitterkeit der Eifersucht. Ihm war ja klar, daß er bald wegfahren würde und dieses Mädchen nie mehr wiedersähe. Aber so war eben sein

Charakter. Das, was ihm gehörte, und wenn es nur für einen Abend war, das sollte auch seins sein und niemandem sonst gehören.

»Sie nennen dich also Alina, die, die dir gefallen«, setzte er das abgerissene Gespräch fort. »Und wer noch?«

»Na die, die mir helfen.«

»Mit Geld?«

»Mit Geld auch. Ich verdiene ja sehr wenig.«

»Das heißt also, du verkaufst dich?« konkretisierte Tischkin.

»Wieso verkaufen? Ich bedanke mich. Wie könnte ich mich sonst noch bedanken?«

Tischkin schwieg einen Moment. Dann sagte er: »Aber ich habe kein Geld.«

»Von dir nehme ich auch keins.«

»Und wieso?«

»Weil du schön bist. Und begabt.«

»Woher weißt du das?«

»So sagt man.«

»Wer sagt das?«

»Alle. Und außerdem sieht man das.«

»Was genau?«

»Daß du Talent hast. Ich, beispielsweise, sehe das.«

»Wie denn?«

»Du leuchtest. Du kommst an einen Ort und leuchtest. Und die anderen riechen nach Keller.«

Tischkin drückte Alina fest an sich, ja er erdrückte sie fast, so sehr brauchte er diese Unterstützung. Er war sich seiner selbst nicht sicher. Wie ins weite Meer war er ins Filmgeschäft gegangen und wußte nicht einmal, ob er überhaupt schwimmen konnte. Aber schwimmen mußte man unbedingt.

Und da war dieses kleine, blasse Mädchen und sagte zu ihm: ›Du kannst es! Schwimm drauflos!‹ Er hielt sie fest umarmt, und beinahe liebte er sie.

»Bist du verheiratet?« fragte Alina.

»Ja.«

»Ganz fest oder nur ein bißchen?«

»Ganz fest.«

»Liebst du deine Frau?«

»Und nicht nur das.«

»Was denn noch?«

»Wir verstehen uns gut.«

»Aber lieben – das heißt doch sich gut verstehen.«

»Nicht ganz. Die Liebe – das ist wie Schüttelfrost. Sie kann kommen und wieder gehen … Aber eine gute Beziehung – das ist für immer.«

»Und schämst du dich nicht, sie zu betrügen?«

»Nein.«

»Warum?«

»Weil das hier kein Betrug ist.«

»Und was dann?«

»Das ist … Glück«, sagte Tischkin.

»Und wird es eine Fortsetzung geben?«

»Nein.«

»Warum nicht?«

»Weil ich einen neuen Film drehen muß.«

»Das eine schließt das andere nicht aus …«

»Doch«, entgegnete Tischkin. »Wenn man etwas richtig tun will, muß man nur das tun …«

»Und wie soll das gehen ohne Glück?«

»Die Arbeit – das ist Glück.«

»Und ich?«

»Du auch. Aber ich wähle die Arbeit.«

»Komisch...«, sagte Alina.

Sie lagen schweigend beieinander. Die Morgendämmerung erfüllte das Zimmer, und in ihrem diffusen Licht wurden die Fugen zwischen Wänden und der Decke sichtbar. Man konnte sehen, daß die Decke direkt auf die Wände gelegt worden war, ohne großen Aufwand.

»So eine Sau, dieser Karawajtschuk«, sagte Alina. »Hat es nicht fertiggebracht, mir eine Wohnung in einem Backsteingebäude zuweisen zu lassen...«

»Karawajtschuk, ist das eine Frau?«

»Eine Frau? Nein, wieso? Das ist ein Mann.«

»Aber du hast ›Sau‹ gesagt. Die Sau ist weiblich.«

»Zwei Meter fünfzig«, empörte sich Alina, ohne auf Tischkin zu achten, »die Decke hängt einem buchstäblich überm Kopf. Und in den Backsteingebäuden ist die Decke zwei Meter achtzig hoch...«

»Hast du mit Karawajtschuk auch geschlafen?«

»Er hat mir die Wohnung gegeben. Für den Anfang war das ja nicht schlecht...«

Tischkin stand auf und ging zur Toilette. Die Toilette war eng, wie maßgeschneidert. An der Wand hing ein Plakat des Sängers Antonow.

Tischkin verstand, daß es Alina die Petersilie verhagelt hatte, und er verstand auch, warum: Sie hatte keine Perspektive. Frauen verstehen nicht, im Moment glücklich zu sein, begreifen nicht, daß auch ein Augenblick Ewigkeit ist.

Tischkin kehrte ins Zimmer zurück und fragte: »Magst du Antonow nicht?«

»Doch, wieso?«

»Warum hast du ihn dann auf die Toilette gehängt?«

»Da war der Gips abgeschlagen. Das hab ich mit der Tapete überklebt, dann das Plakat drauf. Aber es war sowieso sinnlos. Als wenn man einen Leichnam schmückt.«

»Einen was?«

»Na, einen Toten … Dieses Haus kann man bloß noch abreißen und ein neues bauen. Am besten würde man es in die Luft sprengen …«

»Wieso bist du plötzlich so böse?«

Tischkin schlüpfte wieder unter die Decke, er spürte die Wärme und den Duft eines blühenden Körpers. Er wollte weiterschlafen, aber noch mehr lockte die Liebe. Tischkin machte sich sachte ans Werk.

»Ich war einmal bei einer Freundin in Deutschland, in Saarbrücken.«

Alina ignorierte seine Berührungen, sie war auf einem ganz anderen Dampfer. »Meine Freundin ist dorthin ausgewandert. Sie hat einen Deutschen geheiratet. Die hatten eine Treppe, die war Teil der Wohnung. Der Typ hatte goldene Hände …«

»Eher fleißige«, meinte Tischkin.

»Dort gibt es alles …«

»Willst du nach Deutschland?« fragte Tischkin.

»Wohin auch immer. Bloß weg von hier. Ich kann das alles nicht mehr sehen. Der ewig tropfende Wasserhahn, im Waschbecken die Spuren des rostigen Wassers … Und so wird es immer bleiben.«

Man hörte die Uhr an der Wand ticken.

»Hör auf«, sagte Tischkin. »Alles ist gut.«

»Was soll hier schon gut sein?!«

Die Nacht war zauberhaft gewesen. Aber schon am Morgen war alles zu Ende. In drei Tagen würde Tischkin wegfahren, und das war's. Sein Talent würde erstrahlen, aber nicht mehr für sie. Und seine Zärtlichkeit und sexuellen Fähigkeiten waren auch nicht mehr für sie. Was blieb ihr da noch?

»Du bist so schön ... Und so jung. Du hast noch alles vor dir«, sagte Tischkin voller Überzeugung.

»Na ja ... als ich fünfzehn war, da hatte ich noch alles vor mir. Jetzt bin ich fünfundzwanzig, hab auch noch einiges vor mir, stimmt. Dann werde ich fünfzig – eine junge Alte. Und was hab ich dann vor mir? Alter und Tod. Lieber sterben, als so zu leben ...«

»Du Dummchen ...« Tischkin umarmte sie.

Alina bettete ihren Kopf auf seine Brust. Sie schliefen so schnell ein, als hätten sie sich in einen schwarzen Brunnen gestürzt.

Gegen Mittag wachten sie auf. Die Uhr an der Wand zeigte schon halb zwei.

»Die bringen mich um«, sagte Alina seelenruhig.

Sie ging ins Bad. Als sie wieder herauskam, war sie konzentriert, geschäftig, eine Fremde.

Sie zog sich schnell an und schminkte ihre Augen.

Tischkin konnte sich gar nicht mehr vorstellen, daß sie ihn die ganze Nacht umarmt gehalten, ihm vorbehaltlos gehört hatte. Alina stand da, tapfer und unabhängig, wie ein Zinnsoldat. Und sie gehörte niemandem.

Tischkin erhielt den ersten Preis des Festivals. Die Jury hatte einstimmig ihn gewählt. Die Kritiker bemerkten den ›frischen Blick‹, eine ›neue Filmsprache‹ und so weiter und so fort.

Tischkin stand auf der Bühne, sein Blick suchte Alina. Aber sie war verschwunden. Vermutlich rannte sie irgendwo herum. Die Teilnehmer des Festivals kamen und gingen zu den verschiedensten Zeiten. Mal mußte sie jemanden abholen, mal jemanden zum Bahnhof bringen.

Tischkin stand feierlich herausgeputzt auf der Bühne, er leuchtete tatsächlich vor lauter innerer Anspannung. Obwohl das Festival klein und wenig prestigeträchtig war, so brodelten doch die Leidenschaften, und die waren echt.

Der ältere Regisseur Owjetschkin, dem man den ersten Preis so gut wie versprochen hatte (sonst wäre er gar nicht erst angereist), saß mit versteinerter Miene da. Sein Film war durchgefallen und – wie er fand – völlig zu Unrecht. Die Jugend hatte also gesiegt. Neue Zeiten waren gekommen, neue Namen wurden genannt. Und das war das, was ihn am meisten kränkte.

Owjetschkin war zweiundfünfzig, Tischkin siebenundzwanzig. Das war die objektive Realität. Es ging natürlich nicht ums Alter, sondern ums Talent. Und um das Alter obendrein.

Vor einem Vierteljahrhundert hatte er sich genauso leidenschaftlich in die Filmwelt gestürzt, und die Kritiker hatten geraunt: ›Ein neuer Blick‹, ›ein frischer Wind‹... Aber das war nun mal vor fünfundzwanzig Jahren gewesen.

Owjetschkin gehörte die Vergangenheit, und Tischkin die Gegenwart und die Zukunft.

Das Festival würde zu Ende gehen, man würde nach Hause fahren, und am nächsten Tag wäre alles vergessen. Und das, was jetzt lebenswichtig schien, würde sich in blauen Dunst auflösen.

Der Augenblick des Sieges – das ist schließlich auch bloß ein Augenblick. Doch auch ein Augenblick ist Ewigkeit.

Tischkin stand auf der Bühne und war grenzenlos glücklich. Man hatte ihm nochmals gesagt: ›Schwimm!‹ Und er würde schwimmen. Er würde schwimmen, ohne seine Kräfte zu schonen. Die Kritiker glaubten an ihn, die Kollegen, die Profis. Also war es seine Pflicht, auch an sich zu glauben. Dies war sein erster ›Erster Preis‹. Und vor ihm lagen noch andere Festivals, Cannes, Venedig, Berlin. Er würde in festlichem Schwarz-Weiß dastehen, den Oscar an die Brust drücken, den Löwen, die Goldene Rose…

Nachdem alles vorbei war, rief er zu Hause an. Er berichtete von seinem Sieg. Seine Frau hob den Hörer ans Ohr des Töchterchens, und das Kind atmete in diesen Hörer. Dieses Atmen drang in Tischkins Herz wie holde Musik. Er konnte gar nichts sagen, lächelte nur hilflos vor sich hin.

Vier Jahre vergingen.

Die Perestroika zog sich hin und endete schließlich im Desaster. Rußland atmete laut aus, wie nach einem Schlag.

Tischkin drehte einen weiteren Film. Nur einen in vier Jahren. Die staatliche Finanzierung versandete, so wie der Staat selbst aufhörte zu existieren. Auf die alte Art wollte man nicht mehr leben, und auf die neue konnte man noch nicht. Es war die Zeit des: ›Wer kann, der darf‹. Und wer nicht konnte, der setzte einen treuherzigen Blick auf wie ein Hofhund und wartete auf Gott weiß was.

Um seiner Berufung zu folgen, mußte Tischkin sein Auto verkaufen. Die Schauspieler arbeiteten gratis, aus purer Liebe zur Kunst. Einmal wollte er alles hinwerfen, keine Kräfte mehr verschwenden und einfach nur noch untergehen. Und doch schwamm Tischkin weiter, schwamm bis zur völligen Erschöpfung und erreichte schließlich das Ufer. Der Film wurde fertig.

Es war ein Film über die Liebe. Worüber auch sonst... Über die Brutalität der Gegenwart wollte er nichts drehen, denn das taten jetzt alle, es entstand sogar der Ausdruck *Tschernucha*, vom Wort *tschornyj*, schwarz, düster. Plötzlich waren alle mutig.

Früher war es Mode gewesen, etwas anzudeuten, die Faust in der Tasche zu ballen. Und jetzt war es Mode, die Faust herauszuholen und damit aus Leibeskräften nach allen Seiten zu drohen. Die Konjunktur hatte sich in ihr Gegenteil verkehrt.

Tischkin verachtete jegliche Konjunktur. Er wollte sich an ewige Werte erinnern. Und das tat er auch.

Tischkins Motto als Regisseur bestand darin, eine interessante Geschichte interessant zu erzählen. Und das gelang ihm auch. Die Cutterinnen und Geräuschtechniker schauten sein Material mit angehaltenem Atem an. Der Film zog einen in Bann, hielt einen fest und ließ einen nicht wieder los.

Und dann – war Stille. Der Markt schien im Eimer. Den Film erwarben irgendwelche Gauner aus der Stadt Ufa. Sie schlugen Tischkin vor, zusammen mit seinem Film quer durch Rußland zu reisen: eine Promotiontour. Für ein paar Groschen, versteht sich. Nicht genug, daß Tischkin den Film auf eigene Kosten gedreht hatte, nun sollte er auch noch fremde Taschen füllen.

Seine Frau packte ihm den Koffer. Das Töchterchen erfüllte schon kleine Aufgaben: Sie brachte den Kamm und die Zahnbürste.

Tischkins Familienleben ging immer weiter, so wie das Meer oder die Berge immer weiter leben. Ein punktueller Wandel veränderte da gar nichts und störte auch nicht weiter.

Seine gelegentlichen Freundinnen sah Tischkin als Ablenkung vom Sujet innerhalb des Sujets an. Und das Sujet selbst war klar herausgearbeitet, genau wie in einem gelungenen Drehbuch.

Alina aus der Kleinstadt blieb in Tischkins Bewußtsein und Unterbewußtsein. Er wollte sie sogar einmal anrufen. Aber was sollte er ihr sagen? Guten Tag und auf Wiedersehen ... Dafür brauchte man nicht anzurufen. Dann lieber ganz abtauchen.

Tischkin kam auf seiner Tour mit dem Film auch in jene Kleinstadt, in der damals das Filmfestival stattgefunden hatte.

Die Hauptsehenswürdigkeit des Städtchens war ein altes Männerkloster.

Tischkin wandelte auf historischen Pfaden, und es kam ihm immer so vor, als könnte jeden Moment Alina hinter einer Ecke hervorspringen.

Doch aus dem Kloster sprangen nur junge Männer in

Kutten hervor. Hier war ein Priesterseminar untergebracht. An den Männern war keinerlei Demut zu beobachten. Junge rotwangige Gesichter, kräftige Beine, Energie im Blick. Und wenn man diese Seminaristen ansah, wollte man sagen: ›Mein Gott, wie schön doch alles ist. Die Welt ist gut...‹

Und sie war wirklich gut. Der Wind hatte die Wolken auseinandergetrieben und strich über den blauen Himmel. Und auch der Himmel war jung und wie neu.

Irgendwann einmal waren hier die Bojaren in unbequemer Kleidung herumspaziert, und jetzt ging hier Tischkin mit Turnschuhen und Blousonjacke. Nun stand er im Strom der Zeit. In fünfzig Jahren würde dieser Strom Tischkin hinweggespült haben, und es würden neue Menschen kommen. Aber auch sie würden fortgespült werden. Und so ginge es immer weiter.

Wer hatte das alles hier hingesetzt? Gott? Aber woher kam Gott? Ihn mußte doch auch jemand erschaffen haben...

Tischkin verließ das Kloster. Kurze Zeit später wendete er das Auto und fuhr Richtung Tschkalowastraße. Er erinnerte sich sehr gut an die Straße und das Haus, in dem Alina wohnte.

Und wenn sie diesen Karawajtschuk geheiratet hatte? Immerhin waren vier Jahre vergangen. Sie würde ja schließlich nicht am Meer sitzen bleiben und das Wetter abwarten.

Tischkin stieg neben dem bewußten Haus aus. Er fand einen Telefonautomaten.

»Ja?« sagte Alinas Stimme ganz ruhig.

»Hallo. Erkennst du mich noch?«

Tischkin spürte, wie das Blut in seinen Ohren rauschte.

»Woher rufst du an?« fragte Alina ohne jegliches Erstaunen.

»Aus Amerika.«

»Dafür hört man dich aber gut, grad so als wärst du ganz in der Nähe.«

»Hast du geheiratet?« fragte Tischkin. Das war die Hauptfrage.

»Wen denn?«

»Na, Karawajtschuk beispielsweise...«

»Ach, den«, sagte Alina gleichgültig. »Nein. Ich bin allein.«

»Gut«, freute sich Tischkin.

»Tja, sehr...« Alina teilte seine Freude wohl nicht.

»In Ordnung. Ich komme, und dann reden wir«, faßte sich Tischkin kurz.

Er legte auf und ging in ein Geschäft. Geld hatte er bei sich. Tischkin kaufte alles, was ihm gefiel. Oder besser gesagt alles, was eßbar war.

Einen Aufzug gab es im Hause immer noch nicht. Tischkin ging zu Fuß die Treppe hoch. Als er im fünften Stock angekommen war, klopfte sein Herz dermaßen, daß er es bis in die Ohren und Fingerspitzen fühlte, es war bereit, jederzeit aus seinem Brustkorb zu springen.

Er klingelte an der Tür. Schritte wurden hörbar.

»Wer ist da?« fragte Alina.

Er schwieg, denn er bekam noch keine Luft.

Da öffnete Alina.

»Mein Gott...«, sagte Alina. »Wo kommst du denn her?«

»Aus Amerika«, sagte Tischkin grinsend.

Sie standen da und sahen einander an.

Ihr Gesicht war bleich, beinahe hellgrau wie Karton. Auf dem Kopf trug sie ein Kopftuch, wie die Piraten auf den fernen Meeren. Sie war schrecklich dünn geworden. Ein völlig anderer Mensch stand da vor ihm.

»Hab ich mich verändert?« fragte Alina.

»Nein«, log Tischkin.

»Und so?« fragte Alina und nahm das Kopftuch ab. Sie entblößte einen kahlen Schädel. Er glänzte wie eine Billardkugel.

»Wie ist denn das passiert?« fragte Tischkin schnell.

»Sie haben mich mit Chemie vollgepumpt und bestrahlt. Alle Haare sind ausgefallen. Aber die wachsen wieder. Haben die Ärzte jedenfalls versprochen.«

»Klar, kommen die wieder, wo sollen sie denn sonst hin ...«, versuchte Tischkin zu scherzen.

»Komm rein, wenn du dich nicht fürchtest.«

Tischkin trat in die Wohnung. Er legte ab.

»Wovor sollte ich denn Angst haben?« fragte er verständnislos.

»Na ja ... es ist immerhin Krebs. Manche haben Angst, sich anzustecken. Niemand besucht mich. Aber ich lade ja auch niemanden ein. Bei dem Aussehen ...«

Sie gingen ins Wohnzimmer und setzten sich.

»Erzähl«, sagte Tischkin ruhig.

»Was gibt's da schon zu erzählen. Ich bereitete meine Dokumente für eine Auslandsreise vor. Wollte bei der Gelegenheit gleich einen Check-up machen lassen. Der Arzt sagte: ›Sie fahren nirgendwohin, Sie haben Krebs.‹ Ich sag zu ihm: ›Der Teufel soll ihn holen, den Krebs.‹ Ich wollte so sehr nach Paris!«

»Früher wolltest du nach Deutschland«, bemerkte Tischkin. Man mußte doch etwas sagen, und was konnte er schon dazu sagen?

»Jetzt will ich schon nirgendwo mehr hin. Die Operation war schrecklich. Ich dachte, sie schneiden mir die Brust ab und fertig. Aber sie haben meinen ganzen Oberkörper ausgekratzt, unter dem Arm und überall. Jetzt kann ich den Arm nicht mal mehr heben.«

»Das geht vorbei ...«

»Hm, ja ... Es geht vorbei, zusammen mit mir. Ich habe mit Marina abgemacht: Wenn ich tot bin, soll sie mir die Wimpern tuschen. Ich sehe ungeschminkt schrecklich aus.«

»Du wirst nicht sterben ...«, versicherte ihr Tischkin.

»Hmmm ... Meine Mutter ist an Brustkrebs gestorben. Und meine Großmutter. Es ist vererbt. Wieso sollten sie dran sterben und ich nicht?«

»Weil sich die Medizin stark weiterentwickelt hat. Jetzt hat man andere Medikamente. Die Überlebenschance beträgt heutzutage neunzig Prozent.«

»Woher weißt denn du das?«

Alina versank in seinen Augen.

»Das ist allgemein bekannt«, sagte Tischkin und machte übertrieben ehrliche Augen. »Die Wissenschaft entwickelt sich immer weiter. Dann gibt es noch das Internet. Alles ist miteinander verbunden, man tauscht sich aus. Jetzt kann man sich sogar per Internet behandeln lassen. Du suchst dir im Netz den am weitesten entwickelten Spezialisten und buchst dir bei ihm eine Sprechstunde.«

»Gratis?«

»Also das weiß ich nicht. Ich denke schon, wie soll denn Geld per Internet...«

Alina kam ins Grübeln.

Allmählich gewöhnte sich Tischkin an ihr neues Aussehen. Sie war auf ihre Art schön: schlank und straff, wie ein gut gedrechseltes kleines Holzklötzchen. Das Leiden hatte ihr Gesicht vergeistigt. Die Jugend schimmerte trotz der Krankheit durch.

Alina glaubte jedes Wort. Sie war immer noch naiv und gutgläubig wie ein kranker Hund.

Tischkin nahm ihre Hand und küßte sie. Mitgefühl und Zärtlichkeit suchten einen Ausdruck. Er küßte jeden ihrer Finger. Ihre Nägel waren kindlich kurz geschnitten.

»Ekelst du dich nicht?« fragte Alina. »Hast du keine Angst, daß der Krebs auf dich übergeht?«

»Das tut er nicht. Außerdem gibt es ihn ja nicht mehr. Sie haben ihn doch weggeschnitten...«

Alinas Laune besserte sich zusehends.

»Willst du was essen? Wenn du keine Angst hast, natürlich...«

Tischkin brachte die Tüte aus der Diele herein. Er stellte Kognak, Früchte, Schinken und Schokolade auf den Tisch.

»Ich habe noch gekochtes Huhn.«

Sie zog mit einer Hand einen Topf aus dem Kühlschrank und stellte ihn auf den Herd.

»Laß mich mal machen«, sagte Tischkin. »Jetzt werde ich dich mal ein bißchen verwöhnen.«

Er machte sich daran, den Tisch schön zu decken. Er war geschickt, und es gelang ihm gut.

Alina saß da, ließ die Arme hängen und sah ihm zu.

»Was gibt es in deinem Leben sonst noch Neues?«

»Krebs.«

»Und außerdem?«

»Du redest wie ein typischer Laie. Außer Krebs gibt es nichts, wenn man ihn hat.«

»Ach, komm... Irgendeinen Traum wirst du doch haben?«

»Jetzt ist mein einziger Traum: überleben. Das ist alles. Jeder gelebte Tag ist ein Glück. Wenn mich einer aufs Fensterbrett im zehnten Stock stellen und sagen würde ›Bleib da stehen, dann wirst du überleben‹, ich wäre sofort dabei.«

»Erzähl keinen Blödsinn.«

»Das ist kein Blödsinn. Ich wache morgens auf, da höre ich, wie der Wasserhahn tropft. Das ist Leben. Im Waschbecken ist ein gelber Fleck vom rostigen Wasser. Sogar über den freue ich mich. Draußen ist Winter. Die Leute rennen irgendwohin. Ich sehe sie vom Fenster aus. Was für ein Glück... Ich wäre bereit, auf einem Bahnhof zu wohnen, zuzusehen, wie die Züge vorbeifahren, auf einer Wartebank zu schlafen, mich mit einem Mantel zuzudecken. Einfach sehen, hören, atmen...«

»Setz dich an den Tisch«, kommandierte Tischkin. »Von wegen Fensterbrett, von wegen Bahnhof...«

»Du verstehst das nicht«, entgegnete Alina. »Man sagt, daß die Seele unsterblich ist. Aber mir tut es um den Körper leid. Wie wird es ihm ohne mich ergehen? Wie wird es mir ohne ihn gehen?«

Alina sah ihn aus großen Augen an.

»Alles kommt in Ordnung«, sagte Tischkin ganz ernst. »Auch du mit deinem Körper. Und dein Körper mit dir. Komm, laß uns darauf trinken.«

»Ich darf aber nur ganz wenig«, akzeptierte Alina. »Ein bißchen soll sogar gesund sein. Der Körper verarbeitet den Alkohol.«

Sie tranken auf ex. Tischkin nahm sich Schinken und Brot. Beides war ganz frisch.

»Wieso gibt es in der Provinz frischen Schinken, wenn es in Moskau keinen gibt?« fragte Tischkin verwundert.

»Na, die Bauern stellen ihn selbst her und verkaufen ihn den Geschäften.«

»Farmwirtschaft«, meinte Tischkin. »Wie in Amerika...«

Sie aßen und sahen sich tief in die Augen.

»Wieso bist du allein?« fragte Tischkin. »Wo ist deine Verwandtschaft?«

»Woher soll ich die denn nehmen? Ich bin Waise. Aber ich brauche auch niemanden. Allein ist es eh besser. Was für einen Sinn haben Freundinnen? Sie tun so, als ob sie dich bedauern, aber im Grunde ist es ihnen egal. Sie sind bloß froh, daß nicht sie den Krebs haben, sondern ich.«

»Na, du hast ja schöne Freundinnen...«

»Sterben ist leichter mit fremden Leuten. Sie behalten die Nerven. Du hast sie angeheuert, sie machen ihre Arbeit.«

»Und Geld hast du?«

»Im Moment ja. Karawajtschuk hat es mir gegeben.«

»Anständig von ihm. Er ist wohl ein guter Mensch.«

»Er hat es der Stadt abgezwackt und an mich weitergegeben. Eine Art Sozialhilfe.«

»Er hätte es auch abzwacken können und nicht weitergeben«, bemerkte Tischkin.

Ein Vogel schlug ans Fenster.

»Ein schlechtes Omen«, sagte Alina erschrocken.

»Schlecht wäre es nur gewesen, wenn er durchs Fenster gekracht wäre. Aber er ist nur kurz angeschlagen und hat sich wieder gefangen.« Sie schwiegen einen Moment.

»Hast du ab und zu an mich gedacht?« fragte Tischkin.

»Na, was meinst du wohl?«

»Keine Ahnung.«

»Du bist der einzige Mensch, bei dem ich keine Angst hätte zu sterben. Ich würde mich neben dich legen und vor gar nichts Angst haben.«

Das war eine Liebeserklärung.

Tischkin stand auf und ging zu ihr. Alina kam ihm entgegen. Sie umarmten sich. Er drückte sie ganz fest an sich… Dann sagte er: »Komm, wir legen uns hin…«

»Gut, aber angezogen.«

»Wie du willst.«

»Ja. Ich will es so. Damit der Krebs nicht zu dir rüberkriecht.«

»Tut er nicht. Der krebst zurück.«

Sie legten sich auf das Sofa. Angezogen. Tischkin streichelte ihre scharf hervorstehenden Schultern, ihre Arme, ihr Gesicht. Er liebte sie aus vollem Herzen, fühlte mit ihr, begehrte sie, lehnte sich auf gegen ihr Schicksal. Wozu wollte der Schöpfer dieses unschuldige Leben nehmen, das noch so jung war, so blühend…

Tischkin liebkoste sie still, vorsichtig, besorgt, keine Grenze zu übertreten.

Nie vorher hatte er eine so übermenschlich scharfe Wahrnehmung und Zärtlichkeit gespürt.

»Ich lasse dich nicht im Stich«, sagte Tischkin.

»Ich lasse *dich* im Stich«, antwortete Alina.

»Warum?«

»Weil ich sterbe.«

»Das wird nicht so sein. Ich will es nicht.«

»Das hängt nicht von dir ab.«

»Doch. Du kennst mich zu wenig.«

Alina setzte sich ein bißchen auf und sah Tischkin an. Und plötzlich...

Tischkin begegnete ihrem Blick ehrlich.

»Du wirst nicht sterben«, schwor er. »Du wirst länger leben als alle und besser. Du wirst gesund werden, glücklich und reich.«

Alina ließ sich auf das Kissen sinken.

»Man sagt, der Körper ist vergänglich, und die Seele ist unsterblich«, setzte sie an. »Aber das Gegenteil ist der Fall. Der Körper geht nicht verloren, er geht nur in andere Formen über. Aber die Seele...«

Tischkin sann über ihre Worte nach. Und plötzlich schlief er ein.

Sie schliefen lange, den Rest der Nacht und die Hälfte des kommenden Tages.

Tischkin hatte es nicht eilig. Die Vorführung seines Filmes war erst am Abend, ziemlich spät, in irgendeinem Kulturhaus.

Tischkin schaffte es sogar noch, die Wohnung naß durchzuputzen. Und er wischte alle Oberflächen vom Staub frei, sogar die Gardinenstangen.

»Du kannst gut die Wände hochklettern«, sagte Alina erfreut. »Wie eine Kakerlake.«

Ein paar Jahre vergingen. Tischkin wurde vierzig. Er feierte es nicht. Man sagt, daß das Unglück bringt.

Vierzig Jahre, und er war immer noch ein ›vielversprechender Anfänger‹. Es wuchsen schon weitere Anfänger nach, siebenundzwanzigjährige Regisseure. Sie eröffneten eine neue Ära, und Tischkins Stern begann schon zu sinken, ohne je wirklich geleuchtet zu haben.

Die neuen Zeiten erwiesen sich als schlechter, als zynischer als die alten. Früher gab es eine ideologische Barriere, jetzt gab es eine finanzielle. Wenn man Geld hatte, konnte man drehen, was immer man wollte.

Und wenn man kein Geld hatte, dann konnte man nur zu Hause bleiben. Also blieb Tischkin zu Hause.

Seine Tochter wurde dreizehn Jahre alt. Schon ein richtiges junges Mädchen. Sie sang gern und verkleidete sich gern. Und natürlich liebte sie ihren Papa und ihre Mama. Und ihr Papa und ihre Mama liebten sie. Anders konnte es ja gar nicht sein.

Tischkin hätte gern einen Film nach Romanen von Kuprin gemacht. Diese Literatur war sehr geeignet, sie schrie geradezu nach Verfilmung.

Kuprin war zu Unrecht in Vergessenheit geraten. Er war ein Mensch mit Funken von Genialität gewesen, ein starker Alkoholiker, und er war noch immer unglaublich modern. Ein typisch russischer Schriftsteller.

Tischkin nahm einige seiner Erzählungen, mischte Teile davon durcheinander wie in einem Gemüseeintopf, und eine neue Geschichte entstand. Er wußte, wie man so etwas macht. Der zukünftige Film würde nächtelang gedreht werden. Er würde nichts anderes mehr tun können.

Der Film würde teuer werden. Kostüme, Dekorationen, gute Schauspieler. Billig zu drehen hätte geheißen, den Film zu verhunzen. Man würde anderthalb Millionen brauchen. Aber woher nehmen? Der Staat gab nichts mehr. Der Staat spielte seine eigenen Spielchen, hatte sein eigenes Business. Wer brauchte schon diesen vom Karren gefallenen Tischkin? Er war vielversprechend, zugegeben. Er liebte seine Familie, na, wunderbar. Ein guter Kerl. Na und? Gab es denn wenige solcher guter Kerle und hungriger Künstler? Sollte er selbst sehen, wie er sich durchschlug.

Seine Frau entwickelte sich zur Hauptantriebskraft der Familie. Aus einem stillen jungen Mädchen war ein stiller Panzer geworden. Vorwärts und nur vorwärts. Und dazu noch lautlos.

Sie arbeitete in einem Reisebüro, verdiente so den Lebensunterhalt. Sie verschickte ganze Familien in die Türkei und nach Griechenland. Sie kamen braungebrannt und fröhlich zurück. In letzter Zeit war das Reisen schwieriger geworden: hier ein Erdbeben, dort ein Tsunami, und zu allem Überfluß auch noch Terrorakte. Aber Rußland war schon immer das Land der unerschrockenen Dummköpfe gewesen. Sie reisten in der Welt herum und fürchteten sich vor gar nichts. Es würde schon alles gutgehen. Das Reisebüro lief auf Hochtouren.

In diesem Jahr hatte Lena beschlossen, ihren Mann nach Israel, ans Tote Meer zur Erholung zu schicken. Die Salzkonzentration dort hatte durchschlagenden Erfolg bei Hautkrankheiten. Das Salz heilte alle Entzündungen. Der Schlamm wirkte Wunder. Ihr Mann war ihr mehr wert als Geld. Wozu Geld verdienen, wenn man es nicht ausgab.

Lena buchte für ihren Mann ein Zimmer in einem Hotel namens ›Lot‹. Genannt nach jenem biblischen Lot, der mit seiner Familie in Sodom und Gomorra gelebt hatte.

Tischkins Flug dauerte über drei Stunden. Dann fuhr er in einem Minibus quer durch Israel. Der Minibus ging auf der Fahrt kaputt. Man wartete, daß ein anderer Wagen geschickt wurde. Der Fahrer, ein Beduine, hörte Musik. Die Touristen saßen da und warteten, brav wie die Schafe. Tischkin bemerkte verbittert, daß die Schlamperei wohl überall die gleiche war. Der Beduine hätte den Bus vor der Abfahrt überprüfen müssen. Hatte er aber nicht. Jetzt saß er da, die Kopfhörer eingestöpselt, und wiegte seinen runden Kopf im Takt der Musik hin und her.

Einer der russischen Touristen erbot sich, dem Beduinen die Schnauze einzuschlagen, aber andere waren heftig dagegen. Sie sagten, so was könne man hierzulande nicht machen. Es käme Polizei, und es gäbe Strafen, wenn sie einen nicht sogar einsperren würden. Und der ganze Urlaub wäre im Eimer. Der Beduine sei das nicht wert.

Der Beduine hörte weiterhin Musik. Er verstand kein Russisch, aber die angespannte Stimmung ging auf ihn über. Er schrie etwas Aggressives in einer unverständlichen Sprache. Vermutlich fluchte er.

Es wurde schon langsam dunkel. Tischkin saß da und

sinnierte vor sich hin: Die Schlamperei war offensichtlich dieselbe, aber die Gesetze waren strenger. Und die Gesetze funktionierten hier, im Gegensatz zu Rußland.

Spätabends kamen sie doch noch im Hotel an. Das Abendessen stand im Zimmer bereit.

Tischkin trat ans Fenster. Das Meer konnte er nur vermuten, denn es war nicht zu erkennen in der samtigen Schwärze.

Die Hauptsaison war zu Ende, es waren die letzten Oktobertage. Das Publikum bestand aus dem ›Herbst des Lebens‹, einfacher gesagt aus alten Männern und alten Frauen.

Tagsüber standen sie im Meer unter einem Segeltuchdach und schnatterten laut wie die Gänse. Die russische Sprache war vorherrschend. Die Emigranten aus Rußland nannte man hier ›die Russen‹.

›Die Russen‹ stellten im Chor fest, daß man wirklich besser in Israel alt würde, denn der Staat kümmert sich hier um einen, es reichte fürs Essen und sogar für einen Urlaub. Das einzige, was einen bedrückte, waren die ständigen Bombenanschläge. Einer gewissen Fira sei der Sohn dabei umgekommen! Und man hätte direkt Angst, diese Fira wiederzusehen. Wozu war dieses Land das Gelobte Land, wenn einem hier die Kinder starben…

Tischkin lernte, sich flach im Wasser liegend auf dem Rücken zu halten, wenn er dabei mit den Beinen leichte Bewegungen wie beim Fahrradfahren machte. Das Meerwasser trug einen, das entlastete die Wirbelsäule; Sonnenstrahlen durchbrachen den salzhaltigen Wasserdampf. Um ihn her erstreckte sich glitzernd das Tote Meer, prall wie Quecksilber. An dieser Stelle war es nicht tief. Drüben am jordanischen Ufer konnte man Hotels erkennen und sogar ein paar kleine Gebäude, die fast wie Garagen aussahen.

In Tischkin breiteten sich Entzücken und ein Gefühl von Freiheit aus. Er wußte, daß in zwei Wochen alles vorbei wäre. Er würde nach Moskau zurückkehren, er würde wieder in der Unsicherheit hängen wie eine Fliege in Glycerin. Der Kuprin-Film würde wieder sein Gehirn besetzen, es würden die Erniedrigungen beginnen: hingehen, bitten, etwas beweisen müssen. Aber das würde noch nicht so schnell passieren. Nun hatte er erst einmal vierzehn Tage, jeder Tag eine kleine Ewigkeit, also hatte er vierzehn Ewigkeiten.

Tischkin schaukelte hin und her wie ein Tretboot auf dem Weg nach Jordanien. Wenn er wollte, könnte er wohl bis dorthin strampeln. Eine Überfahrt mit dem Boot dauerte kaum vierzig Minuten.

Wenn man das Gesicht dem Ufer zuwandte, hatte man die biblische Landschaft vor sich. Die beigefarbenen Hügel lagen wie Sphinxen da. Irgendwo hier, ungefähr einen Kilometer entfernt, war eine Salzsäule, die an eine dicke Frau mit schulterlangen Haaren erinnerte. Man sagte, daß das Lots Weib sei.

Den Strand entlang ging einer der Rettungsschwimmer. Es war ein marokkanischer Jude, jung, stolz, mit gut entwickelter Muskulatur, aber feinen Gesichtszügen.

Tischkin sinnierte, wie wohl Christi Jünger ausgesehen haben mochten oder Jesus selbst. Übers Wasser ging er,

Tischkin, – o Wunder! – ja nun fast selbst. Das salzhaltige Wasser ließ einen nicht untergehen.

Die lebendige Ewigkeit. Nichts hatte sich verändert seit dieser Zeit. Wie es einst gewesen war, so war es noch immer; die Sphinx-Hügel, der weißliche Himmel, die Meeresschale voller Sonnenfunken.

Es wurde einem empfohlen, sich etwa zwanzig Minuten im Meereswasser aufzuhalten, dann aus dem Wasser zu gehen und das Salz unter der Dusche abzuwaschen. Aber Tischkin blieb eineinhalb Stunden im Meer. Er nahm das Salz durch die Haut auf, atmete den salzigen Dampf tief in die Lungen ein. Er wollte sich mal so richtig auskurieren. Der Rettungsschwimmer sprang auf sein kleines Boot, und obwohl er nur mit einem Ruder ruderte, holte er Tischkin mitten auf dem Meer ein und forderte ihn auf umzukehren. Tischkin hockte sich in eine Ecke des kleinen Bootes, und so kehrten sie zusammen zurück, wie zwei Azteken, beide gutgebaut und braungebrannt.

Am Strand standen Kinder verschiedenster Nationalitäten und schauten ihnen zu. Vom Leben erschöpfte, alte Kinder.

Tischkin bemerkte, daß sehr viele der Touristen Deutsche waren. Die Krankenkassen bezahlten ihren Psoriasis-Patienten die Kur am Toten Meer.

Auch Israel schickte seine Pensionäre mit guten Rabatten zu einer fünftägigen Kur hierher. Jede Woche kam eine neue Gruppe.

Eine großgewachsene alte Frau in einem Baumwollbademantel sah Tischkin lange an. Dann fragte sie:

»Sind Sie aus Aschdod?«

»Nein«, sagte Tischkin.

»Sind Sie aus Berschewa?« fragte die Alte aufdringlich.

»Ich bin aus Moskau«, antwortete Tischkin.

»Ich weiß. Aber wie sind Sie hierhergekommen?«

»Einfach so, Ticket gekauft und gekommen.«

»Für fünf Tage?«

»Wieso für fünf Tage? Für zwei Wochen.«

»Aber das ist doch sehr teuer«, sagte die Alte ganz aufgeregt. »Was haben Sie dafür bezahlt?«

Tischkin bemerkte, daß um ihn her am Strand jetzt alle zuhörten. Er hatte keine Lust, hier seine Verhältnisse auszubreiten, aber lügen mochte er auch nicht. Tischkin nannte den Preis.

»Das ist aber viel ...«, sagte die alte Frau staunend. »Woher haben Sie so viel Geld? Sie sind sicher ein Geschäftsmann, nicht wahr?«

»Nun ja ... man kann schon sagen, daß ich eine Art Geschäft betreibe«, sagte Tischkin, um sich aus der Affäre zu ziehen.

»Und was für eins?«

Tischkin wollte das Reisebüro, in dem Lena arbeitete, nicht nennen. Er wollte seine Frau überhaupt aus dem Spiel lassen. Was ist das schließlich für ein Mann, der das Geld und die Beziehungen seiner Frau benutzt?

»Ich drehe Filme.«

»Worüber?«

»Über Menschen.«

»Dann sind Sie also Regisseur?«

»Äh, ja ...«

»Entschuldigen Sie, aber welche Filme haben Sie denn gemacht?«

Die alte Frau erwies sich als insistierend, aber sympathisch. Sie war einfach neugierig, genau wie Lots Weib.

»Ich habe zwei Filme gemacht«, sagte Tischkin und nannte die Titel.

»Dann sind sie also Tischkin? Sergej Tischkin?« fragte die Alte mit erstaunt hochgezogenen Augenbrauen und runden Augen.

»Ja...«, sagte Tischkin, jetzt leicht verstört. Er hatte nicht erwartet, daß jemand seinen Namen kennen würde.

Plötzlich hörte er verhaltenes Klatschen. Tischkin drehte sich um. Die Leute erhoben sich von ihren Plastikstühlen und applaudierten. Ihre Gesichter waren ernst und feierlich.

»Wir schauen uns hier alle russischen Filme an«, erklärte die alte Frau. »Wir kennen Sie alle. Durch Ihre Filme haben wir soviel Vergnügen empfunden! Haben Sie vielen Dank dafür...«

Tischkin lächelte verlegen. Seine Augen brannten, als wäre Salz hineingeraten. Vielleicht war es ja auch so.

Er ging unter die Dusche. Dort stand er und weinte.

Also war das Leben doch nicht einfach so vorbeigerauscht. Nicht ein einziger Tag war vergebens gewesen.

Abends gab es nicht viele Möglichkeiten, sich zu amüsieren.

Im Hotel war eine Tanzveranstaltung. Ältere Paare traten mit ausdruckslosem Gesicht auf der Stelle.

Montags und donnerstags sang ein Schwarzer mit einem

kleinen sehr beweglichen Kopf. Er sang englisch. Seine Stimme war gut, aber es war trotzdem langweilig, ihm zuzuhören. Tischkin dachte: Der Gesang übermittelt etwas vom Geist des Sängers, oder auch sein Fehlen. Daran, *wie* jemand singt, wird immer offensichtlich, *wer* singt.

Dienstags und freitags kam Mischa, ein Ingenieur aus Leningrad, jetzt Petersburg. Er wohnte nun im Nachbarstädtchen Arad und verdiente sich in den Hotels am Toten Meer etwas dazu. Er sang sowjetische Lieder aus den siebziger Jahren. Die Lieder waren wundervoll, und Mischa sang sehr gut, wenn auch auf amateurhafte Art. Aber die Melodien drangen ins Herz und sogar noch tiefer, sie gingen ins Blut. Es war unmöglich, sich dem zu entziehen. Die russischen Juden sangen begeistert mit. Sie sehnten sich nach ihrer Jugend, nach Rußland. Aber Rußland sehnte sich wohl kaum nach ihnen. Es war eine einseitige Liebe.

Am Schabat sang immer eine untersetzte Jüdin, sie sang auf neuhebräisch. Das Klangbild, das entstand, war wie eine Quelle, die in der Tiefe der Zeit entsprang, in der Tiefe der Kultur. Und sogar das Timbre ihrer Stimme war etwas Besonderes, etwas nicht Europäisches.

Die russischen Juden lauschten, bezaubert von dieser speziellen Harmonie. Sie war ihnen nicht wirklich vertraut, und doch fühlten sie sich dorthin gezogen, als wenn etwas aus den Tiefen des Ozeans nach ihnen riefe.

Tischkin saß bescheiden in seiner Ecke und verstand, oder besser gesagt erahnte dieses Volk. Man hatte es vertrieben, mit Pogromen geschlagen, in Öfen verbrannt. Aber es war aus der Asche wiederauferstanden und vermischte noch immer Fleischiges nicht mit Milchigem.

Die jüdische Frau findet zu Gott über ihren Ehemann. Die Familie ist heilig. Nur deshalb war das jüdische Volk nicht ausgelöscht worden, sondern hatte trotz allem überlebt.

Darum wurde die Familie zur nationalen Idee.

Die älteren Paare bewegten sich zur Musik, wobei sie sich aneinander festhielten. Im sogenannten goldenen Alter vergeht die Zeit schnell, sie wäscht alles weg und trägt fort im Nu. Das Wichtigste ist, sich an einen nahestehenden Menschen zu klammern und sich festzuhalten. Und so hielten sie einander gegenseitig fest, vor aller Augen.

Tischkin sah zu, lauschte, und – so seltsam das war – er arbeitete. Zur Musik kamen ihm die verschiedensten Ideen in den Kopf. Ein Filmschluß baute sich langsam auf. Den Anfang hatte er längst ersonnen. Es würden Dokumentaraufnahmen aus der damaligen Zeit sein. Es juckte ihn geradezu in den Fingern, so sehr wollte er arbeiten.

So losgelöst von zu Hause fiel Tischkin Alina wieder ein. In den letzten Tagen ging sie ihm gar nicht mehr aus dem Kopf. Wo sie wohl jetzt war? Wie es ihr ging…

Er hatte Alina seit jener Zeit oft versucht anzurufen, aber niemand war an den Apparat gegangen. Dann, endlich, war eine unbekannte Stimme am Apparat gewesen und sagte: »Die wohnt hier nicht mehr.«

»Und wo wohnt sie jetzt?« hatte Tischkin gefragt.

»Nirgendwo«, hatte die Stimme grob geantwortet und aufgelegt. Dem Mann hatte es wohl gereicht mit den Anrufen und den Fragen.

Aber vielleicht wohnte sie inzwischen tatsächlich ›nirgendwo‹, nur noch in Tischkins Erinnerung. Wie ein zäher geronnener Klumpen Leidenschaft. Und ein geronnener Klumpen Mitleid. Das wusch sich nicht weg mit der Zeit. Das blieb für immer in ihm.

In diesem Viertel gab es nur eine einzige Allee, über die riesige Busse hin und her fuhren, sie schnurrten wie Motorräder die Straße entlang. Wenn man diesen gefährlichen Weg überquert hatte, stand man vor einer Sackgasse, die gesäumt war von kleinen Geschäften. An ihrem Ende stand eine improvisierte Bühne, davor Tische und Stühle. Abends schaltete man einen großen Fernsehapparat ein, und alle Bewohner des Ortes versammelten sich davor. Sie waren braungebrannt und dunkelhaarig, die Männer trugen weiße Hemden und schwarze Hosen. Sie ähnelten Armeniern, Italienern oder irgendeinem anderen südlichen Volk. Gemeinsam schauten sie sich Sportübertragungen an und tranken maßvoll Bier dazu.

Touristen schlenderten vorbei, setzten sich ebenfalls an die kleinen Tische.

Die Deutschen unterschieden sich wohltuend vom Rest durch ihre Zurückhaltung in Kleidung und Verhalten. Die russischen Juden übertrumpften sich gegenseitig mit Körper und Stimme. Es war der allgegenwärtige Wunsch, sich gegenüber anderen hervorzutun.

Tischkin ging auch hier vorbei und sah sich um: Mit wem hätte er den Abend verbringen mögen? Mit wem die Zeit totschlagen? Mit wem ›Vergnügen empfinden‹, wie die alte Frau gesagt hatte.

Und plötzlich trugen ihn die Füße wie von allein vorwärts, dorthin, wo ganz allein eine unglaublich gutaussehende Deutsche saß, die von weitem Alina glich. Tischkin sah nur zwei Farben: weiß und gold. Weiße Kleidung, goldfarbene Haut und golden schimmernde Haare. Sie trug als Schmuck nur ein dickes Armband, ebenfalls in Gold.

Tischkin trat näher und blieb stehen. Er wollte sie um Erlaubnis bitten, sich an ihren Tisch zu setzen, aber er wußte nicht, in welcher Sprache er sie anreden sollte.

»Bist du das?« fragte da die Deutsche auf russisch. »Ja, was machst du denn hier?«

»Das, was alle hier machen«, antwortete Tischkin.

Es war tatsächlich Alina. Tischkin traute seinen Augen nicht.

»Setz dich doch«, sagte Alina.

Tischkin setzte sich hin.

Sie wußten beide nicht, wie ein Gespräch beginnen. Er genierte sich zu fragen: ›Und wie steht es mit deinem Krebs?‹ Aber genau das war die Hauptfrage.

»Ich hab dich angerufen, aber du bist umgezogen...«

»Ja, nach Deutschland«, sagte Alina.

»Dann wohnst du also in Deutschland?« fragte Tischkin verwundert.

»Ja, auch in Deutschland.«

»Und wo noch?«

»Da, wo ich will.«

»Hast du einen Millionär geheiratet?«

»Ich habe Karawajtschuk geheiratet.«

»Wirklich?« Tischkin war verblüfft.

»Wieso denn nicht?«

»Du hast ihn doch gar nicht geliebt.«

»Stimmt. Ich habe dich geliebt. Aber du warst wer weiß wo. Und Karawajtschuk war da.«

Das war nur gerecht. Tischkin schwieg einen Moment.

»Und wie geht's dir?« fragte Alina.

»Schlecht. Ich drehe nicht. Sitze einfach da und werde alt. Ich bin hergekommen, um diesen Prozeß ein bißchen abzubremsen. Alles tut mir weh, vor allem die Seele.«

»Wieso drehst du nicht?«

»Kein Geld. Der Staat gibt ein Drittel. Den Rest muß ich irgendwie selbst auftreiben. Aber niemand gibt ihn mir.«

»Und wieviel brauchst du?« fragte Alina.

»Anderthalb Millionen… Dollar«, sagte Tischkin.

»Ich gebe sie dir.«

»Du hast anderthalb Millionen Dollar?« fragte Tischkin ungläubig.

»Ich hab noch viel mehr.«

Der Kellner kam. Tischkin bestellte sich einen Whisky und für Alina einen Fruchtsaft.

»Ist das Karawajtschuks Geld?« fragte er.

»Wieso? Ich habe mein eigenes Business.«

»Was für eins?«

»Keine Panik. Drogen sind es nicht.«

»Womit kann man denn sonst soviel Geld verdienen?«

»Ich habe die Gabe, das, was mir unter die Füße kommt, in Geld zu verwandeln.«

»Hast du eine Müllverbrennungsanlage?«

Alina zog erstaunt die Augenbrauen hoch.

»Unter die Füße kommt einem doch nur Abfall, sonst nichts.«

»Häng dich da nicht rein«, meinte Alina. »Das verstehst du sowieso nicht. Jeder hat sein eigenes Talent. Du drehst Filme, und ich bin Geschäftsfrau.«

»Hat dich Karawajtschuk groß rausgebracht?«

»Er hat mir das Startkapital gegeben. Groß rausgebracht hab ich mich selbst.«

Der Kellner brachte den Whisky in einem schweren Glas und Salznüsse dazu. Den Saft stellte er vor Alina hin. Tischkin zahlte. Alina ließ ihn, Gott sei Dank, machen. Taktvollerweise kramte sie gar nicht erst ihr eigenes Geld hervor.

»Ich hätte dir kein Startkapital geben können. Ich hätte dir nur Kopfschmerzen bereiten können«, bemerkte Tischkin.

»Du hast mir viel mehr gegeben.«

»Das kapier ich nicht…«

»Weißt du noch, du hast dich zu mir gelegt… Du hast dich nicht geekelt… Danach ist mit mir was passiert. Ich hab mich vor mir selbst nicht mehr geekelt. Ich hab angefangen, mich selbst zu lieben… Wenn das nicht gewesen wäre, wäre ich gestorben. Du hast mir das Leben gerettet. Das ist viel mehr wert als anderthalb Millionen.«

»Aber du wirst sie nicht mehr reinholen«, warnte Tischkin sie ehrlich. »Dieser Film spielt heutzutage das Geld nicht mehr ein. Es wird einfach futsch sein.«

»Ach, hol's der Teufel«, sagte Alina leichthin. »Wenn ich diese Summe nicht mehr reinhole, kommt von sonstwo was her. Damit Geld reinkommt, muß man welches ausgeben. Wenn du frische Luft willst, mußt du Durchzug machen.«

Tischkin trank seinen Whisky und konnte die Augen

nicht von Alina lassen. Er sah sie auf einmal auf dreifache Weise. Einmal – jung und arm. Einmal – todkrank und geschunden. Und einmal – so wie jetzt, stark und unabhängig. Die Herrin ihres Lebens. Drei verschiedene Gestalten. Aber sie hatten alle etwas gemeinsam – den goldenen Inbegriff des Weiblichen, der Frau an sich. Und sie war *die* Frau für ihn. Es hatte Tischkin immer zu ihr hingezogen. Und auch jetzt war das noch so.

»Wo ist Karawajtschuk eigentlich?« fragte Tischkin unvermittelt.

»In unserem Hotelzimmer. Er schaut Fußball. Wieso?«

Tischkin sah sie lange an. Sie war schöner als früher, war wie gereifter Wein.

»Liebst du mich noch?« fragte er.

»Nein, nein...«, sagte Alina erschrocken. »Besser gesagt, ja. Aber – nein.«

»Alles klar.«

Die anderthalb Millionen trennten sie scharf voneinander. Tischkin hätte auf das Geld verzichten können, aber das hätte geheißen, auf den Film zu verzichten. Und der Film war für ihn wichtiger als die Liebe, wichtiger als die Familie, er war so wichtig wie das Leben selbst.

»Denkst du manchmal an das, was gewesen ist? Oder möchtest du es vergessen?« fragte Tischkin.

Alina steckte sich eine Zigarette an. »Bevor Gott einem etwas schenkt, prüft er einen. Ohne Prüfung keine Belohnung.«

»Glaubst du das wirklich?«

»Wieso denn nicht? Das hast du mir doch selbst alles mal gesagt.«

»Aber ich habe nicht Gott gemeint…«

»Weißt du, wie man sich hier an Gott wendet? ›Adonai‹, das heißt ›mein Gott‹…«

Das Mobiltelefon klingelte. Alina nahm es aus ihrer Tasche und hielt es ans Ohr. Das kleine Telefon war ebenfalls weiß und goldfarben. Es war wohl ein wichtiges Gespräch. Alina zuckte mit keiner Wimper und gab Anweisungen. Eine neue Alina schälte sich da heraus, gut organisiert und hart im Nehmen, eine, die er früher nicht gekannt hatte.

Tischkin stand auf und verabschiedete sich. Alina unterbrach für einen Moment das wichtige Gespräch.

»Gib an der Rezeption deine Kontonummer für mich ab«, wies ihn Alina an.

»Ich habe kein Konto.«

»Dann eröffne eins.«

»Hier?« fragte Tischkin verständnislos.

»Besser hier. Ist sicherer.«

Alina wandte sich wieder ihrem Handy zu. Das hatte sie früher schon gekonnt: sofort umschalten, ohne jeglichen Übergang.

Tischkin ging zu seinem Hotel.

Die Hitze stand nur so, keinerlei Luftzug war zu bemerken. Es war drückend heiß, und ihm war irgendwie traurig zu Mute. Er hätte stehen bleiben wollen und erstarren. Sich in eine Salzsäule verwandeln wie Lots Weib.

Eine Katze lief vorbei. Sie war anders als die Katzen in Rußland, war wie eine ägyptische Katze auf Kleopatras Schoß: ein langer Körper, die Ohren spitz, schmales Gesicht, kurzhaariges Fell. Das war kein Schmusekätzchen, so eine wollte man nicht auf den Arm nehmen.

Am Strand zog sich Tischkin ganz aus und ging nackt ins Meer. Die tiefe Schwärze der südlichen Nacht verbarg seine Blöße zuverlässig. Das Meer war kaum kühler als die Luft und umarmte ihn wie eine Frau.

Eine Fliege setzte sich auf sein Gesicht. Woher kam die nur? Das Tote Meer hieß schließlich so, weil hier nichts wuchs und nichts lebte. Es gab keinerlei Fauna. Tischkin vertrieb die Fliege. Sie kam wieder. Da wischte er sein Gesicht mit der salzwassernassen Hand ab – die Fliege verschwand.

Nicht weit weg bewegte sich plötzlich ein Kopf.

»Was?« fragte Tischkin. Es kam ihm so vor, als habe der Kopf etwas gesagt.

»Ich bete«, sagte eine Frauenstimme. »Ich komme nachts hierher und spreche mit Gott.«

»Auf russisch?« fragte Tischkin.

»Nein. Auf hebräisch.«

»Wie klingt das?«

Die Frau begann etwas Unverständliches zu reden. Tischkin fing nur ein Wort auf: ›Adonai‹.

»Und was erzählen Sie ihm?« fragte Tischkin.

»Nun ja ... kurz gesagt ... danke für alles, was du mir geschenkt hast. Und daß alles so weitergeht wie bisher. Nicht schlechter.«

»Und kann man auch erbitten, daß es besser weitergeht als bisher?«

»Das wäre unbescheiden.« Die Frau schwamm davon und löste sich in der Nacht auf.

Am gegenüberliegenden Ufer blinkten die Lichter der Hotels. Hinter den Hotels lag eine Anhöhe, und die Lichter waren dort auf verschiedenen Ebenen wie hingeworfen von einer großen Hand.

»Adonai«, setzte Tischkin an, »danke für alles, was du mir geschenkt hast: mich selbst, meine Eltern und meine Tochter. Im großen ganzen brauche ich auch nicht mehr. Aber –«, beim letzten Wort überlegte Tischkin.

›Talent‹ zu sagen wäre unbescheiden gewesen. Vielleicht ›Berufung‹, ja, das ging.

»Meine Berufung quält mich. Sie läßt mich nicht in Frieden leben. Erlaube mir –«, Tischkin suchte das nächste Wort, »– meine Berufung zu verwirklichen. Du hast doch gesehen, wie man mir applaudiert hat. Also brauchen die Menschen das, aus irgendeinem Grund... Aber sogar, wenn sie es nicht bräuchten, so brauche ich es doch. Und vielleicht auch du...«

Dann betrachtete Tischkin lange den Himmel. Sogar der Himmel war hier anders als in Rußland. Der Große Bär stand an einer anderen Stelle.

Über dem Fluß, hinter dem Wald

Artemjew liebte die Liebe. Die Frauen waren wie Blumen, jede war auf ihre Art unverwechselbar. Jede hatte ihre eigene Schönheit und ihren eigenen Duft. Man konnte unmöglich einfach so vorbeigehen. Man wollte stehenbleiben, eine pflücken und an ihr riechen. Und sie dann – natürlich – irgendwann wieder fallen lassen.

Die Frauen liebten Artemjew ebenfalls. Wegen seiner Worte. Seiner Zärtlichkeit. Solche Worte und solche Zärtlichkeit hatten sie noch nie zuvor gehört. Und sie konnten nicht mehr ohne das leben. Jedoch, es kam der Augenblick der Trennung. Artemjew verstand es nicht, sich schön zu trennen. Er verschwand einfach, und fertig. Denn er war feige. Er wollte sich nicht fremder Leute Tragödien anhören.

Die fallengelassenen Frauen verhielten sich unterschiedlich. Die Stolzen sagten kein Wort. Sie verschwanden ebenfalls – und litten. Andere wollten sich nicht abfinden, sie verfolgten ihn, und manche rächten sich sogar. Eine von ihnen, mit Namen Eleonora, kam bis an seine Haustür und fing an, pausenlos zu klingeln. Artemjew öffnete nicht, denn er war nicht allein, bei ihm war Rosa.

Eleonora fing an zu schreien, daß sie jetzt gleich das Haus in Brand setzen werde. Und tatsächlich tat sie das. Sie klaubte etwas von dem gepolsterten Bezug von der Wohnungstür, steckte einen Lappen in die entstandene Lasche und tränkte ihn mit Benzin. Dann zündete sie das Ganze an. Die Wohnung füllte sich mit Qualm. Rosa sah Artemjew aus großen erschrockenen Augen an. Sie hatten beide Angst, in der Wohnung zu bleiben, hatten aber genausoviel Angst, sie zu verlassen. Die wild gewordene Eleonora hätte sie mit Benzin übergießen können wie den Lappen, und ebenso anzünden.

Artemjew durchlitt mit Rosa angespannte Minuten, was sie einander näherbrachte.

Als Folge davon heiratete Artemjew Rosa, obwohl sie nicht besser war als die anderen. Es war lediglich der Versuch, ›sich vor dem Chaos zu retten‹, wie ein verstorbener Schriftsteller einmal sagte, übrigens ebenfalls ein Weiberheld.

Rosa gebar Artemjew zwei Töchter, kurz nacheinander.

Die Ältere wuchs heran und zog nach England. Und die Jüngere, Ljudmila, blieb bei den Eltern. Es war, als ob sie nur eine Tochter hätten, denn was hatte man schon von einer Tochter in England…

Rosa und Artemjew lebten ganz gut zusammen, sie hatten viel gemeinsam. Vor allem die Gier. Die Orientierung am Materiellen. Das ist gar keine so schlechte Eigenschaft, wie man vielleicht denken könnte. Gier in der Kindheit und im Alter ist nichts anderes als der Selbsterhaltungstrieb. Im mittleren Alter dagegen ist es eine Antriebskraft für den Fortschritt. Gier und Neugier – das ist, was die Welt bewegt.

Artemjew war seine Gier nicht bewußt. Das spürten nur

die anderen. Selbst war er mit seiner Gier noch nicht zusammengestoßen, denn er sammelte ja nicht Goldstücke in einer Schublade wie ein geiziger Ritter.

Artemjew kaufte Bilder. Er konnte schon nicht mehr leben ohne gute Kunstwerke um sich her. Er kannte sich mit den Künstlern aus, und er konnte das Echte erkennen, wo es sonst niemand sah. Er verstand es, vorauszusehen und im voraus entzückt zu sein.

Wenn er in seine Wohnung kam, erholte sich Artemjew schlagartig, so als ob er gar nicht müde gewesen wäre. Es war, als ob die Gemälde an den Wänden zu ihm sagten: ›Hallo. Du bist zu Hause.‹ Und in Gedanken antwortete er ihnen. ›Hallo. Ja, jetzt bin ich zu Hause.‹

Rosa war ein Teil seines Zuhauses, war ein Teil seiner selbst. Er liebte sie. Aber er ging fremd. Aus Gewohnheit.

In der ersten Zeit litt Rosa darunter. Sie machte ihm Szenen. Dann winkte sie nur noch ab. Ihre Gesundheit war ihr wichtiger.

So lebten sie miteinander. Artemjew trieb sich Gott weiß wo herum, aber zum Übernachten kam er immer nach Hause. Das war ein ungeschriebenes Gesetz: Übernachtet wird zu Hause. Und der arme Artemjew schlug sich mitten in der Nacht quer durch Moskau. Er erschien um vier Uhr nachts daheim. Aber er erschien. Rosa wartete. Sie schlief nicht vorher ein.

Artemjew konnte seiner Frau nicht treu sein. Aber wenigstens ihrem gemeinsamen Heim konnte er treu sein.

Und das tat er.

Die Freundinnen ihres Mannes nannte Rosa nur die ›Raubkicherkatzen‹. Vom Wort kichern und vom Wort

Raubkatzen abgeleitet. Aber so eine Raubkatze war noch nicht geboren worden, die von Artemjew auch nur einen abgerissenen Hosenknopf bekommen hätte. Artemjew machte keine Geschenke. Er selbst war das Geschenk. Er konnte ein Gedicht schreiben und es in einer Zeitung abdrucken lassen. Das Gedicht war wunderschön, war herzbewegend. Und alles Materielle verblaßte dagegen.

Die Raubkicherkatzen verstanden nicht: Wie konnte er bloß mit dieser Rosa leben, dieser langweiligen, schrecklich aussehenden Person? Wie konnte er mit der einen romantischen Abend verbringen? Aber Artemjew sah seine Frau nicht als Sexobjekt. Rosa, das war sein steinernes Haus, wie im Zeichentrickfilm ›Naf-Naf‹. In so einem Haus hat man vor dem grauen Wolf keine Angst. Rosa – das war der Raum, in dem sein Schreibtisch stand, an dem er arbeiten konnte. Ja mehr noch: Artemjew konnte nur dann arbeiten, wenn Rosa im Zimmer nebenan war. Hinter der Wand, aber in der Nähe. Ihre Anwesenheit beruhigte ihn. Sie brachte ihn ins Gleichgewicht. Artemjew mochte es, wenn man ihn störte. Er nahm sich mehr zusammen und konzentrierte sich besser, wenn jemand ihn störte.

Die Mädchen kamen gern in das Arbeitszimmer des Vaters gerannt. Artemjew spielte Empörung vor, vertrieb die dickköpfigen kleinen Mädchen. Sie gingen, aber nicht sofort. Er konnte gerade noch den Geruch der Kindheit einatmen, konnte einen Blick darauf erhaschen, welch unvergleichlich schöne Gottesgeschöpfe sie doch waren. All die Schönheit des Lebens und der Sinn des Daseins waren enthalten in diesen rotblonden, grauäugigen Wesen, die wohlriechend waren wie ein Jasminzweig.

Die Zukunft erschreckte ihn: Sie würden aufwachsen und an so einen geraten, wie er einer war, ein Blutsauger fremder Jugend. Doch diesen Gedanken vertrieb Artemjew schnell. Er hatte viel gearbeitet, er brauchte das einfach seelisch. Er hatte Geld verdient, um Kapital anzuhäufen und es später seinen erwachsenen Töchtern zu übergeben. Sie sollten von Anfang an alles haben. Sie sollten nicht von einem Mann abhängig sein, so wie Rosa. Sie sollten ihr Leben selbst in die Hand nehmen können.

Die Liebe zu seinen Kindern, die Verantwortung ihnen gegenüber, erwies sich als Artemjews Hauptantriebsfeder. Was Rosa anbelangte, so würde er sie nie verlassen. Er würde ihr ihren Status erhalten, sie war und blieb die Frau des Schriftstellers. Aber das war auch alles.

Die Frau des Schriftstellers. In Fragebögen wurde das abgekürzt als F.d.S.

Die weibliche Welt bestand aus Raubkicherkatzen und F.d.S. Jede Raubkicherkatze träumte davon, sich in eine F.d.S. zu verwandeln. Und jede Ehefrau träumte von Zärtlichkeiten und Liebesschwüren. Aber alles zusammen gab es nicht. Nur jedes einzeln für sich.

Die Mädchen wuchsen heran. Die Älteste fuhr zum Studium nach England. Es war plötzlich Mode geworden, im Ausland zu studieren. Sie hatte sich dort einen *boyfriend* angelacht, einen Inder. Na, wenigstens war er nicht ganz schwarz.

Der Inder war auf dem Foto sehr schön, er sah aus wie ein Tadschike. Und die Tochter hatte erstmal keinerlei Absicht, nach Rußland zurückzukehren.

»Sie wird doch nicht noch mit nach Indien gehen?« meinte Rosa erschrocken. »In diese Armut und diesen übermäßigen Reichtum, und zu diesen Kühen, die überall auf der Straße herumrennen.«

»Na, da ist es wenigstens warm«, antwortete Artemjew. »Dort kann man immer draußen sein.«

»Und wozu haben wir dann eine Datscha gebaut?« entgegnete Rosa.

Das war die Frage, die sie am meisten quälte. Wofür all die Anstrengungen, wenn es niemandem zugute kam.

Aber da war ja noch die jüngere Tochter, Ljudmila, von den Eltern immer noch Ljudmilotschka genannt. Sie ähnelte ihrem nicht gerade schönen Vater. Die Freunde der Familie sagten im Spaß: »Voll auf den Vater rausgekommen, aber grad noch mal Glück gehabt.«

Und tatsächlich: Alles, was bei Artemjew unschön war, die kleine runde Nase, die tiefliegenden Augen – waren bei Ljudmilotschka korrigiert worden, wie zu einer musikalischen Phrase komponiert. Eine kleine Nase, ein voller Mund, und funkelnde, kristallklare Augen unter dunklen Wimpern. Sie sah aus wie von der Titelseite eines Magazins gesprungen. Ein Abbild von Ornella Muti, nur jünger.

Artemjew wurde inzwischen fünfundfünfzig. Und da passierte etwas Außergewöhnliches: Er verliebte sich.

Das ganze vorherige Leben lang war Artemjew wie über eine blühende Wiese gegangen, hatte die Blumen des Vergnügens gepflückt, an ihnen gerochen, sie wieder fallengelassen, und war weitergegangen. Und nun erstarrte er, ging nirgendwo mehr hin. Er blieb einfach stehen.

Seine neue Raubkicherkatze war nicht besser und nicht schlechter als all die früheren. Artemjew selbst war einfach ein anderer geworden.

Sie hieß Jelena Juliewna. Jelena war eine bescheidene kleine Ärztin aus der Poliklinik für Schriftsteller. Sie horchte Artemjew mit dem Stethoskop ab, wobei sie ihr Gesicht dem seinen näherte. Und von ihrem Gesicht ging viel Wärme aus.

So nahm die Love-Story ihren Anfang, wie eine völlig durchschnittliche Affäre. Und dann begriff Artemjew plötzlich, daß er nicht mehr ohne sie leben konnte. Und daß er in ihrer Anwesenheit auch arbeiten konnte. Und das Fleisch lechzte und schrie: Ja, ja, ja... Er sehnte sich so sehr nach Glück und Ruhe. Nirgendwo mehr hinrennen und nicht mehr lügen. Einfach anhalten und stehen bleiben.

Die Töchter waren erwachsen, sie hatten jetzt beide ihren ›Inder‹. Bei Ljudmilotschka war ein Halbchinese aus Nowosibirsk aufgetaucht. Der Chinese erwies sich als nicht ganz einfach, aber davon später.

Und Rosa... Sie war schon lange seine Mutter geworden. Seit zehn Jahren schon schlief er nicht mehr mit ihr. Wer schläft schließlich mit seiner Mutter...

Artemjew schwankte.

Der Boden wankte unter seinen Füßen, und die Wände gaben nach. Der graue Wolf konnte das Haus nicht zum Einsturz bringen. Aber ein Erdbeben...

Eines schönen Tages, besser gesagt eines Nachts, noch besser gesagt, in einer wunderschönen Nacht ging Artemjew nicht mehr nach Hause, um dort zu schlafen. Das war ein böses Omen.

Rosa fragte: »Wo warst du?«

»Bei Fernsehaufnahmen«, sagte Artemjew. »Nachtfernsehen.«

Rosa begriff sehr wohl, daß er log. Aber sie wollte ihn nicht bloßstellen. Vielleicht würde er es ja selbst noch offenlegen.

Und was dann? Dann würde man eine Entscheidung treffen müssen. Und *er* würde keine Entscheidung treffen wollen. Alles würde beim Alten bleiben. Der Mann wäre zu Hause. Und vor der Raubkicherkatze würde sie die Augen verschließen müssen. Sie könnte sich ja vormachen, daß es für sie eine Neuigkeit wäre.

Artemjew war sein Leben lang an der langen Leine spazierengegangen, wie ein Ziegenbock in fremden Gemüsegärten. Und, wer weiß, vielleicht hatten diese Raubkicherkatzen auf ihre Art ja sogar ihre Familie gestützt.

Im tiefsten Inneren gab Rosa ihrem Mann keine Schuld. Sie gab diesen kurzsichtigen Weibern die Schuld, die zu einem fremden Mann ins Bett krochen, statt sich einen eigenen zu suchen. Und wenn er noch so mies wäre, so wäre er doch wenigstens der eigene. Rosa verachtete jede von ihnen als Diebin, als Frau, die stahl, statt zur Arbeit zu gehen.

Die kleine Ärztin hielt sich wacker in Artemjews Leben. Ein Jahr verging und noch eines, ein drittes, und ihr Stern stand immer noch hoch am Himmel und schien, wie die Sonne am Mittag. Und alles war klar, auch ohne Worte. Rosa fragte nichts. Artemjew log nichts zusammen. Es entstand die stumme Übereinkunft: ›Ich lebe, wie ich will. Und du kannst genauso leben wie bisher…‹

Ljudmilotschka nannte die kleine Ärztin ›die Beständige‹.

Rosa zitterte die ganze Zeit, als wenn sie mit bloßen Füßen auf einer nackten Stromleitung stünde. Sie fürchtete, daß Artemjew dem ›Ruf der Liebe‹ folgen würde, und Ljudmilotschka würde zu ihrem Halbchinesen ziehen. Und sie, Rosa, würde dann mutterseelenallein übrigbleiben, und sie hatte weder Beruf noch Hobby. Ihr einziger Beruf, ja ihre Berufung – das war Artemjew. Sie hatte ihm ein Heim geschaffen, kochte die Mahlzeiten und hütete die angehäuften Schätze in Form von Bildern, der Wohnung und auch Bargeld, das sie zärtlich ›Spargroschen‹ nannte. Die Spargroschen lagen auf dem Sparbuch und im Safe, im Geheimfach im Bad. Kein Dieb würde je darauf kommen.

Wenn Artemjew sie verlassen würde, würde ihr Leben in Dunkelheit und Kälte versinken. Es würde die ewige Nacht hereinbrechen, wie in der anderen Welt. Es wäre der Tod bei lebendigem Leibe.

Rosa starb fast vor Angst. Sie bat Ljudmilotschka: »Sprich mit deinem Vater.«

»Worüber?«

»Er soll sie verlassen.«

»Wozu denn?« entgegnete Ljudmilotschka. »Er ist fast sechzig. Bald wird sich diese Angelegenheit von allein erledigen.«

»Na ja…«, sagte Rosa ungläubig. »Da neulich, dieser Regisseur, wie hieß er nur… der im Fernsehen, der hat achtmal geheiratet.«

»Das ist wohl seine Macke, daß er alle gleich heiratet.

Und unserer hat doch die Macke, immer wieder abzuhauen. Er wird auch vor ihr bald wieder weglaufen.«

»Wieso?« fragte Rosa ungläubig.

»Weil er geizig ist. Alles Geld soll an die Kinder gehen. Und nicht auf die Seite. Kaufmannsgesetz. Und auch ein Gesetz der Adligen.«

Da beruhigte sich Rosa wieder für eine gewisse Zeit. Aber dann begann sie wieder zu zittern. Und der andauernde Überdruck schlug auf ihre Gefäße, der Blutdruck ging in die Höhe.

Rosa nahm blutdrucksenkende Mittel und lief wie betäubt umher. Sie lebte wie mit einer örtlichen Narkose: Man hört zwar alles, aber man kann es aushalten.

Artemjew hörte nichts und sah nichts. In ihm erklang ständig die Musik der Liebe und übertönte alles übrige.

Jelena erschien Artemjew als die Vollkommenheit in Person. An ihr war alles wunderbar: das Gesicht, die Kleidung, die Seele und ihre Gedanken. Sie war das Čechovsche Ideal. Dabei war sie still gläubig, nahm das Leben so, wie es war. Und sie forderte nichts: weder Geld noch das, was man früher ›eine Position in der Gesellschaft‹ nannte. Sie zerrte Artemjew nicht aus seiner Familie. Das wäre Sünde gewesen. An ihr war nichts Aggressives. Sie war einfach glücklich mit ihrer Liebe zu ihm. Und mit seiner Liebe zu ihr.

Artemjew war gern mit Jelena unter Leuten: in Ausstellungen, im Theater, auf Vernissagen. Er unterhielt sie gern, führte sie gern aus.

Wenn er mit ihr in der Öffentlichkeit war, spürte er ihre

Einheit um so mehr. Ihre Energiefelder waren miteinander verbunden.

Wenn sie unter Leuten waren oder in der Dunkelheit eines Saales zusammensaßen, dann dachte Artemjew an ihren kühlen Busen unter der Bluse und an ihren allergeheimsten Ort, der eng war und wie aus Gummi, immer ein wenig feucht vor Verlangen. Sie begehrte ihn immer, und er konnte ihrem Verlangen nicht widerstehen. Mit ihr war er stark. Und er vertraute ihr.

Artemjew erzählte Jelena all seine Ideen, und während dieser Erzählungen überprüfte er sich selbst: War es interessant oder nicht? Wenn er es beim Erzählen spannend fand und sie es interessant fand zuzuhören, dann war er auf dem richtigen Weg.

Artemjew war ein sogenannter Kriegsschriftsteller. Aber der Krieg war nur der Hintergrund, vor dem sich alle möglichen moralischen Probleme entfalteten.

Der Krieg stellte alles auf den Kopf. In seinen Erzählungen bemühte sich Artemjew, alles wieder an den rechten Platz zu rücken. Es war leicht, über Gut und Böse zu urteilen, wenn man im Frieden lebte. Aber tu das mal, wenn du dich in der Hölle befindest.

Jelena hatte zur Literatur keinerlei Bezug, aber sie hatte das absolute Gehör für die Wahrheit. Sie hörte unfehlbar jeden falschen Ton. Sie war seelisch sehr weit entwickelt, und Artemjew orientierte sich an ihr, wie ein Schiff sich nachts am Licht des Leuchtturms orientiert.

In letzter Zeit schien es ihm, daß er ohne sie nicht mehr arbeiten konnte. Sie mußte immer um ihn sein, nicht weiter als im Abstand eines ausgestreckten Armes entfernt.

Dann brach die Perestroika-Zeit an.

Die Leute begannen, in Dollars zu rechnen. Für die Rubel hatte man auf einmal den Spitznamen ›Holzgeld‹. Artemjew und Rosa machten sich lebhaft Gedanken darüber, wie man das ›Holzgeld‹ loswerden konnte. Und alles, was bei ihnen im Safe und im Geheimfach war, legten sie in Immobilien an.

Sie kauften noch ein Haus, nahe bei Moskau, und ein anderes auf Zypern. Dort war es billiger als in Rußland. Beide Häuser vermieteten sie, denn man konnte ja nicht überall gleichzeitig leben.

Ljudmilotschkas Halbchinese entpuppte sich als umtriebiger Geschäftsmann. Er eröffnete eine Restaurant-Kette und eine Kasino-Kette.

Ljudmilotschka wollte ihren Vater überreden, Geld in die Kasino-Kette zu investieren, aber Artemjew zögerte. Er fürchtete, daß man ihn übers Ohr hauen könnte, oder wie man jetzt sagte: über den Tisch ziehen. Er war überhaupt ein mißtrauischer Mensch. Es wäre ja auch schrecklich gewesen, das zu verlieren, was er mit seiner lebenslangen Arbeit verdient hatte. Sein Leben konnte er schließlich nicht wiederholen.

Jelena wurde unterdessen aus der Poliklinik für Schriftsteller entlassen. Es war ein Eigentümerwechsel erfolgt, ein neuer Hausherr erschien. Und der brachte seine eigene Mannschaft mit. Jelena ging, weil sie keine Lust hatte, zwischen die Fronten zu geraten. Sie trat eine Stelle in einer ganz normalen Stadtteilpoliklinik an. Das hieß Hausbesuche und öffentliche Sprechstunden.

Vorbei war das Leben in der geschlossenen Klinik, ohne Warteschlangen, mit Stille und Sauberkeit, geschultem Personal und gediegenen, höflichen Patienten.

Die Stadtteilpoliklinik war wie ein Wartesaal. Ein Minimum an Zeit für den Patienten, denn der nächste drückte schon von hinten nach. Es war schwer, sich in jeden Fall hineinzufinden, und schließlich stumpfte man ab und hatte schon keine Lust mehr, sich hineinzufinden. Die Patienten waren laut und halsstarrig, verdrehten die Wahrheit. Ihr aufgerissener Mund war wie ein Schlund, eine Hochofenöffnung. Man hätte ihn am liebsten mit einem alten Handtuch zugestopft. Und all das für einen jämmerlichen Lohn. In einem zivilisierten Land bekam ein Arzt ihren Monatslohn für eine Stunde Arbeit. Aber wozu vergleichen...

Das einzige Licht im Fenster war Artemjew. Er kam immer abends zu ihr. Dann fing er an zu erzählen. Und seine dunkle Stimme floß ruhig dahin, trug sie hinweg in eine andere Wirklichkeit. Und dank dieser anderen Wirklichkeit konnte sie die erste aushalten.

Rosa wartete geduldig: Wann würde diese Affäre schal werden? Wann würde Artemjew endlich mit seinen Seitensprüngen aufhören? Aber die Affäre wurde nicht schal, sondern ganz im Gegenteil, sie blühte und gedieh.

Artemjew lebte nun schon ganz offen in zwei Wohnungen, und es bestand sogar ein unausgesprochener Stundenplan. Während der Arbeitswoche lebte er bei seiner Familie, die Sonn- und Feiertage verbrachte er bei der ›Beständigen‹. Und immer häufiger zuckte der Gedanke durch seinen Kopf: Es war langsam Zeit, sich zu entscheiden und zu dem einen oder anderen Ufer zu schwimmen. Aber die Gewohnheit und das ›Kaufmannsgesetz‹ hielten ihn ab. Das Kaufmannsgesetz hieß: Alles Erbe den Kindern.

Artemjew selbst hätte einfach so gehen können, mit nichts als dem, was er am Leibe trug. Die ›Beständige‹ hatte kein Auge auf ein etwaiges Erbe geworfen. Aber es fiel ihm schwer, Rosa zu verletzen, die Kinder zu beleidigen… Rosa wäre am Boden zerstört, die Kinder gedemütigt. Und er selbst wäre niedergedrückt durch seine Schuld.

Und es gab noch einen Grund. Für das künstlerische Schaffen war seelische Harmonie nicht förderlich. Der Widerspruch zwischen seelischer Welt und Realität war unabdingbar. Das ließ sein Potential wachsen.

Andererseits könnte seine ›Beständige‹ auch langsam einen Aufstand machen. Sie war schon sehr lange eine Geliebte. Sie zog keine Kinder groß. Die Jahre verflogen, eines nach dem anderen. Und was lag vor ihr?

Eines Tages stand Rosa hinter ihrem Mann und sah zu, wie er sich anzog. Schal, Mantel, Käppi. Er machte sich fertig, um zur ›Beständigen‹ zu gehen.

»Was für eine Närrin sie ist…«, sagte Rosa.

»Warum?« fragte Artemjew bedrückt, wobei er aber vermied zu fragen, wer ›sie‹ war. Das war auch so klar.

»Weil du sie nie heiraten wirst.«

»Nein, ich werde sie nicht heiraten«, bestätigte Artemjew. »Wer läßt schon seine Familie im Stich…«

»Und Blumen bringst du ihr auch nicht. Und Geld gibst du ihr auch keins …«

»Was hat denn Geld damit zu tun?«

»Also hat sie weder Status noch materielle Unterstützung«, konkretisierte Rosa. »Und was bleibt dann?«

»Es bleibt das reine Gefühl«, sagte Artemjew.

»Verstehe …«, meinte Rosa. »Deine Liebe – ist die Karotte, mit der du …«

»Nur die Liebe. Ohne Karotte.«

»Ich sag's ja, sie ist wirklich eine Närrin …«

Rosa war kühner geworden, aber innerlich zitterte sie. Sie stand immer noch wie auf der nackten Stromleitung.

Artemjew benahm sich unverschämt, denn er hatte die Macht. Er hielt das Geld in der Hand. Und wer bezahlt, der nimmt sich auch was raus. Und man kann ihm nichts anhaben.

Rosa wartete, daß die ›Beständige‹ endlich einen groben Schnitzer machen würde, beispielsweise einen Streit vom Zaun brechen und ihm eine Szene machen. Artemjew vertrug nämlich keine Szenen. Oder daß sie mit einem anderen was anfangen würde, um ihn eifersüchtig zu machen. Denn die Eifersucht heizt meistens die Gefühle an – außer bei Artemjew. Für ihn war Eifersucht nur Mißtrauen. Und Mißtrauen tötet die Liebe auf der Stelle.

Aber die ›Beständige‹ verhielt sich still, machte keinen Fehler, rief ihn nicht zu Hause an, verlangte kein Geld von ihm. Wenn man es recht betrachtete, war sie wirklich die ideale Geliebte.

Wieviel Nervenkraft war schon wegen Artemjews Seitensprüngen draufgegangen, und noch immer war kein Ende abzusehen. Nicht mal im Alter war Ruhe.

»Wann hört das bloß auf?« fragte Rosa.

»Das hört erst auf, wenn er selbst aufhört«, meinte Ljudmilotschka. »Ich sag's, wie ich's denke. Er könnte sich wenigstens die Mühe machen zu lügen.«

Rosa ging zu einer Wahrsagerin namens Sofija.

Sofija legte die Karten und wackelte mit dem Kopf.

»Bald, schon sehr bald wird sich dein Herz beruhigen«, versprach sie. »Vor der Herzdame steht der Tod. Da, sieh ...«

Die ›Beständige‹ war die Herzdame, denn sie war blond. Um sie herum war tatsächlich nur Schwärze: lauter schwarze Kreuze und Karos.

»Wird sie etwa sterben?« fragte Rosa schüchtern. »Und wann?«

»Das sind doch nur Karten. So genau steht es hier nicht geschrieben. Auf jeden Fall bald.«

Rosa bezahlte die Wahrsagerin großzügig für diese Neuigkeit und ging nach Hause.

Rosa war kein böser Mensch, deshalb war sie auch nicht schadenfroh. Mehr noch, sie hatte sogar Mitgefühl mit der armen ›Beständigen‹: Sie war noch jung, könnte noch lange leben. Aber das Schicksal gibt einem Menschen nie alles. Es hatte der ›Beständigen‹ eine lange, glückliche Liebe geschenkt, und dafür nahm es ihr früh das Leben.

Aber ihr, Rosa, hatte das Schicksal mittelprächtiges Liebeswetter beschieden, wie in den mittleren Breitengraden: ein kurzer Tag, ein lichtloser Winter. Bei Rosa hatte die

Natur mit der Sonne der Liebe gespart, doch dafür würde Rosa lange leben. Sie war der Natur dafür nicht gram.

So erging sich Rosa in Gedanken auf dem Nachhauseweg. Sie fuhr mit dem Bus, obwohl sie sich hätte ein Taxi leisten können. Doch wozu unnötig Geld ausgeben?

Rosa kam nach Hause. Artemjew war ebenfalls zu Hause, obwohl Samstag war. Sein Gesicht war gelb wie Senf.

»Was ist denn mit dir los?« fragte Rosa erschrocken.

»Ich weiß nicht. Ich bin ganz gelb geworden... Wahrscheinlich hab ich was Falsches gegessen.«

Rosa wurde klar: Die Wahrsagerin hatte etwas verwechselt. Die schwarzen Karten bezogen sich auf den Herzkönig, nicht auf die Herzdame.

Artemjew mußte ins Krankenhaus.

Man diagnostizierte eine Leberzirrhose. Dabei spürte er nichts und hatte auch vorher nichts gespürt. Er hatte geliebt und gearbeitet und war glücklich gewesen. Was war der Grund für die Krankheit? Vielleicht das unterbewußte Schuldgefühl... Vielleicht hatte sein innerer Computer ganz einfach aufgegeben.

Es stellte sich heraus, daß man die Krankheit noch ein bißchen betrügen konnte.

›Wenn wir alle zusammenhalten, dann können wir sogar die schwersten Türen einrennen‹, sagte sich Rosa.

Und sie hielten fest zusammen: Rosa, Ljudmilotschka, der Halbchinese mit seinem vielen Geld, die älteste Tochter und ihr Inder mit seinen Heilkräutern, die sogar aus Tibet kamen.

Rosa kochte ihrem Mann ein Diätessen und brachte es

ihm täglich ins Krankenhaus. Ihr Leben fand nur noch statt zwischen Markt, Kochherd, Töpfen und Büchsen …

Ljudmilotschka war die Verbindung nach außen. Sie übernahm die Gespräche mit den Ärzten, trieb die besten Spezialisten auf, die sich miteinander berieten.

Ein halbes Jahr lang brodelte es in der Familie wie in einem Geysir. Tag für Tag, jeden einzelnen Tag lang …

Artemjew hatte beste Bedingungen im Krankenhaus. Man behandelte ihn gut. Überall war alles bestens, das einzig Unangenehme waren die Besuchszeiten. Er wollte nicht, daß seine Geliebte mit seiner Familie zusammenstieß, und so mußte er als Zeitplaner fungieren. Artemjew erklärte jedesmal wieder, wer ihn von der Familie wann besuchen sollte, und ließ seine Geliebte in der freien Zeit kommen. Wenn seine Frau am Tag da war, dann kam die Geliebte abends, und umgekehrt.

Aber eines Tages passierte ein Zusammenstoß. Die ›Beständige‹ traf auf Ljudmilotschka. Sie sahen einander im selben Moment.

Die Geliebte wurde nervös und sagte vor lauter Schreck nur: »Guten Tag …«

»Guten Tag«, antwortete Ljudmilotschka ganz ruhig. »Vielleicht sollten wir uns miteinander bekannt machen.«

»Jelena Juljewna«, stellte sich die Geliebte vor.

»Mila«, sagte Ljudmilotschka und streckte ihr die Hand entgegen. Es erfolgte ein Händeschütteln der gegnerischen Seiten.

Artemjew besah sich das Ganze leicht distanziert. Er hatte wenig Kraft für Emotionen, weder für positive noch für negative. Er hatte nur wenig Energie, und die schonte er.

Ljudmilotschka wußte, daß die Zirrhose vor allem eine Krankheit war, die schwächte. Deshalb verabschiedete sie sich schnell und ging, um nicht zu stören.

Ljudmilotschka setzte sich ins Foyer und wartete. Sie mußte nicht wenig warten. Eine ganze Stunde lang. ›Worüber reden die bloß?‹ dachte sie verwundert. ›Nach zehn Jahren Beziehung...‹

Artemjew erzählte unterdessen seiner Jelena Juljewna von einer neuen Idee. Das Sujet war ein Dreieck: Lenin – die Krupskaja – und Armand. Da gab es ergreifende Momente. Bei interessanten Menschen verläuft auch die Liebe interessant.

»Das ist kein Dreieck«, bemerkte die ›Beständige‹. »Das ist ein Viereck. Du hast die Revolution vergessen. Lenin, die Krupskaja, Armand und die Revolution.«

»Stimmt...«, sagte Artemjew. »Ohne die Revolution wäre es eine alltägliche Geschichte. So wie bei uns beiden.«

»Bei uns ist es nicht alltäglich«, widersprach die Geliebte. »Anstelle der Revolution haben wir die Literatur.«

»Ach so«, sagte Artemjew und nickte. »Stimmt genau.«

Sie redeten und redeten. Und dadurch entstanden Kräfte.

Als ›die Beständige‹ gegangen war, schlief Artemjew sofort ein.

Jelena kam aus dem Krankenzimmer. Ljudmilotschka erhob sich und ging ihr entgegen. Ljudmilotschka umwehte eine Aura von Erfolg und Wohlstand. Von der Geliebten ging tiefe Trauer aus. Sie kannte Artemjews Diagnose und seine Prognosen auf den Tag genau.

»Verzeihen Sie…«, setzte Ljudmilotschka an. »Ich habe darüber nachgedacht: Wozu sollen Sie sich verstecken?«

»Ich verstecke mich nicht. Ich wollte ihn nur nicht betrüben.«

»Nun, ja… ich habe mir überlegt: Meine Mutter ist sehr erschöpft. Sie kann nicht jeden Tag kommen. Sie hat kranke Beine. Vielleicht könnten Sie drei Tage in der Woche übernehmen? Freitag, Samstag, Sonntag. Und die Werktage wären für uns.«

Jelena Juljewna hörte sich das aufmerksam und leidenschaftslos an. Ihr Gesichtsausdruck war der einer Ärztin, die einen Patienten abhorcht.

Der Besuchsfahrplan deckte sich in etwa mit den Zeiten, in denen sie Artemjew auch früher gesehen hatte. Jelena besuchte Artemjew an ihren freien Tagen. Aber was sie beleidigte, war die Legalisierung des Besuchsplanes. Man hatte es ihr ›erlaubt‹. Mehr noch, man hatte es ihr ›vorgeschlagen‹. Warum? Weil sie ungefährlich war. Artemjew würde nicht mehr für immer zu ihr gehen. Er würde nur noch in die Ewigkeit gehen.

Die ›Beständige‹ schwieg. Ljudmilotschka verstand das Schweigen auf ihre eigene Weise.

»Ich verstehe schon, das ist eine Belastung. Die Fahrt, das Obst kaufen, das kostet. Erlauben Sie mir, daß ich Ihnen dreihundert Dollar im Monat dafür anbiete.«

Die Geliebte war erstaunt. Ihre Augen wurden rund, die Brauenbögen hoben sich.

»Niemand wird es erfahren«, versicherte Ljudmilotschka. »Ich selbst gebe Ihnen das Geld. Das ist unsere persönliche Vereinbarung.«

»Es geht nicht um das Geld«, sagte die ›Beständige‹ trocken. »Es gibt einfach Dinge, die kann man nicht kaufen, und die werden nicht verkauft: Glaube, Hoffnung, Liebe... Habe ich mich klar ausgedrückt?«

»Nun... Entschuldigen Sie bitte«, sagte Ljudmilotschka beschämt. »Ich wollte nur das Beste. Ich habe mir wegen Ihnen Gedanken gemacht...«

»Wegen mir müssen Sie sich keine Sorgen machen. Denken Sie besser an sich.«

Ljudmilotschka zuckte die Achseln. Und ging davon.

Ljudmilotschka fuhr in ihrem bequemen Auto nach Hause.

Sie dachte an ihren Freund, den Halbchinesen. Seine Mutter war Russin. Auch sein Name war russisch: Sascha. Rein äußerlich sah er fast naiv aus, aber er war ein Schlitzohr. Von seiner Frau trennte er sich nicht. Er konnte die Kinder nicht im Stich lassen. Ljudmilotschka erlaubte er nicht, ein Kind von ihm zu haben. Alles klar. Worin unterschied sie sich also von der ›Beständigen‹? In gar nichts. Sie war genau so eine Beständige, bloß, daß sie Geld hatte. Eine Beständige des einundzwanzigsten Jahrhunderts. Jetzt war alles möglich: Für Geld wurde ein Leben beseitigt, und auch Liebe konnte man für Geld kaufen, übrigens gar nicht mal so teuer. Und auch das Gewissen wurde seelenruhig verkauft.

Jelena Juljewna war ein Relikt aus vergangener Zeit. Man hätte sie ins rote Buch des Artenschutzes eintragen können.

Ljudmilotschka kam mit den widersprüchlichsten Gefühlen nach Hause. Plötzlich hatte sie Lust, den Halbchinesen zu verlassen, mitsamt seinem tellerrunden Gesicht. Und sie wollte Wanja Polosow anrufen, mit dem sie in der neunten Klasse geschlafen hatte und mit dem sie ein Feuerwerk der Gefühle erlebt hatte, wie später nie wieder. Mit niemandem und niemals mehr.

Ljudmilotschka ertappte sich dabei, daß sie die ›Beständige‹ beneidete. Obwohl, was gab es da zu beneiden … Ihre Zeit war abgelaufen. Der Mann lag im Sterben. Und mehr hatte sie nicht. Nur ihre Erinnerungen. Sie hatte keine Zukunft, aber sie hatte eine Vergangenheit. Das war es, was sie hatte. Vergangenheit. Und wenn man sorgsam damit umging, dann konnte das lange reichen. Bis zum Ende.

»Willst du was essen?« fragte Rosa. »Ich habe heute ein Champignonsüppchen gekocht. Und ein Pilawchen mit Hammelfleischchen.«

»Was??« fragte Ljudmilotschka.

»Es gibt Pilaw …«

»Dann sag es doch auch so: Pilaw. Aber dieses ›Süppchen‹ und ›Pilawchen‹ kommt einem ja vor wie im Kindergarten …«

Rosa sah ihre Tochter mit Stirnrunzeln an. Sie verstand nicht, was die wollte. Für Rosa bedeutete lieben – umsorgen und bekochen. Was denn sonst?

Jelena hatte auf neue Pumps sparen wollen. Aber das klappte nicht. Alles Geld ging für die Taxifahrten zum Krankenhaus drauf.

Sie hatte keine Kraft, den öffentlichen Verkehr zu benutzen, es hätte eineinhalb Stunden für eine Wegstrecke gedauert, mit dreimal Umsteigen. Das Krankenhaus war außerhalb der Stadt. Dort lagen nur Angehörige der Nomenklatura, die alle eigene Autos mit Chauffeur hatten.

Jelena nahm ein Taxi, das war auch ein Auto mit Chauffeur. Wenn sie bei Artemjew ankam, zog sie Flaschen mit selbstgepreßten Fruchtsäften aus der Tasche. Und natürlich Blumen. Die Blumen dufteten schwach. Sie riefen ins Leben zurück.

Artemjew war gleichgültig gegenüber alldem. Weder Blumen noch Säfte freuten ihn. Seine Augen waren ins Innere seines Körpers gerichtet, in dem etwas Unwiderrufliches passierte, auf das er keinen Einfluß hatte.

Jelena strich Artemjew über den Kopf und über das Gesicht, als wäre er ihr Sohn. Und er zuckte kaum mit der Wimper. Seine hellblauen Augen blieben traurig und voller Einsamkeit.

Als Ärztin wußte Jelena, was in seinem Körper passierte. Die arbeitsfähigen Zellen der Leber wurden immer mehr durch verklebende ersetzt. Es war wie ein Feld, das mit Disteln zuwuchs.

Wenn man den Prozeß doch nur aufhalten könnte, oder wenigstens verlangsamen. Aber die Leberzirrhose stand an dritter Stelle der Todesursachen in Rußland – nach Krebs und Herzkranzgefäßerkrankungen. Sie war der Henker Nummer drei.

Artemjew sprach nie über den Tod. Und über die Liebe sprach er auch nicht. Sein Leben ging zu Ende. Hinter ihm blieben seine Leidenschaften, Bücher, Erfolge. Irgendwo, unabhängig von ihm lebten seine zwei Töchter ihr eigenes Leben. Und er selbst lebte gleichsam nicht mehr auf der großen weiten Welt. So schnell war sein Leben vorbeigelaufen. Wie eine einsame Rakete war es in den Himmel gezischt, hatte Funken gesprüht und war nun am Verglühen.

Rosa kam am Dienstag. Das war ihr Besuchstag. Das Bett war abgezogen. Rosa ging zur Stationswache und fragte: »Wohin habt ihr Artemjew verlegt?«

»Setzen Sie sich doch …«, bot der behandelnde Arzt an.

Rosa sank auf einen Stuhl.

Der Chauffeur Sascha hatte nicht beim Krankenhaus auf seine Arbeitgeberin gewartet. Er war weggefahren, um etwas zu erledigen.

Rosa fuhr mit der Metro nach Hause.

Artemjew bekam ein Begräbnis erster Klasse. Sein Sarg war im Gebäude des Schriftstellerverbandes aufgebahrt.

Es kamen überraschend viele Leute. Das erstaunte, denn es war eine Epoche großer Gleichgültigkeit angebrochen. Es wurde offensichtlich: Artemjew hatte wohl etwas sehr Wichtiges über seine Zeit ausgesagt. Die Menschen waren dankbar und kamen, um sich zu verabschieden. Sie waren nicht zu träge.

Auch Jelena kam. Sie stand bescheiden an der Seite.

Für sie war es wichtig, Artemjews Gesicht zu sehen. Er war ohne sie gestorben, mitten in der Nacht. Jelena wollte herausfinden, ob er sich vor dem Tode noch gequält hatte, ob er Schmerzen gehabt hatte. Sie sah immer wieder in sein Gesicht, konnte den Blick nicht abwenden, suchte nach Spuren des Leidens. Aber das Gesicht war völlig ruhig, hell und schön. Es schien, daß er leicht und vertrauensvoll ins Ungewisse gegangen war. Nun hatte er die letzte Grenze überschritten.

Jelena weinte nicht. Sie hielt in Gedanken Artemjews Hand. Sie hielt ihn nicht zurück, sondern sie führte ihn…

Er war ein großes Kind gewesen, vertrauensvoll, auf kindliche Weise gierig, kindlich neugierig. Er war ihr Kind gewesen. Und außerdem war er ihr Meister gewesen. Und nur mit ihm zusammen war sie voller Talent. So wie die Geige in den Händen Paganinis.

Rosa setzte einen breitkrempigen Hut auf, den sie mit einem Trauerflor umwunden hatte. Es sah sogar schön aus. Rosa saß auf einem Ehrenplatz neben dem Sarg, aber sie hielt mit Argusaugen in der Menge nach seinen Raubkicherkatzen Ausschau. Es waren nicht weniger als fünf, was nicht einmal so viele waren. Alle fünf Jahre eine.

Die Raubkicherkatzen stießen mit den Hintern aneinander, legten Blumen nieder, versuchten, sich möglichst nahe zum Sarg vorzudrängeln, um von den Fernsehkameras aufgenommen zu werden.

Rosa lächelte ein bißchen selbstgefällig, als sie diese Anstrengungen beobachtete. Die Fernsehkameras waren sowieso nur auf die Familie gerichtet, auf Ehefrau und Töchter, und auf die ebenso wichtigen Politiker.

Ljudmilotschka beugte sich zur Mutter herunter und sagte leise: »Mama, nimm den Siegesglanz aus deinen Augen, man merkt es ja richtig…«

Rosa reagierte nicht auf diese Bemerkung. Sie konnte nicht anders. Sie feierte tatsächlich den größten Sieg ihres

Lebens. Die Frau Artemjews zu sein war nur die Hälfte. Das war eine variable Größe. Man konnte im einen Moment die Ehefrau sein und eine halbe Stunde später schon nicht mehr. Aber Artemjews Witwe zu sein – das war für immer und ewig. Jetzt konnte ihr niemand mehr ihren Mann wegnehmen und auch nicht ihren Status und ihren Wohlstand. Alles gehörte ihr. Und all seine Geliebten konnten nur um den Sarg herumflattern wie die Tauben. Konnten nur die Brosamen aufpicken, die abfielen. Zu seinen Lebzeiten hatte es ja noch Krümel gegeben, aber jetzt fiel so gut wie gar nichts mehr für sie ab.

Die Trauerfeier war zu Ende. Der Bürgermeister selbst ging auf Rosa und Ljudmilotschka zu und küßte ihnen die Hand. Jeder einzeln, nacheinander. Das Fernsehen übertrug diesen Akt der Anteilnahme.

Der Sarg wurde zu einem Bus getragen.

Artemjew hatte angeordnet, daß man ihn in seinem Heimatdorf Zakolpje beerdigen solle. Man mußte hundert Kilometer weit fahren.

Niemand der Ehrengäste wollte die lange Fahrt auf sich nehmen. Aber die Raubkicherkatzen wollten das, seltsamerweise. Eine nach der anderen stiegen sie in den Bus, wobei sie ihre Hinterteile verschiedenster Form und Ausmaße herausstreckten.

Rosa war leicht verstört, aber Ljudmilotschka sagte: »Laß sie doch mitfahren. Der Bus ist ja halbleer, das ist doch peinlich vor den Dorfbewohnern.«

Die ›Beständige‹ stand abseits. Ljudmilotschka ging auf sie zu.

»Vielleicht möchten Sie meinen Vater begleiten?« fragte

sie vorsichtig. »Mein Vater wäre sicher froh darüber. Und ich auch.«

Jelena stieg in den Bus.

›Mein Vater wäre froh ...‹ Es war merkwürdig, die beiden Begriffe Freude und Tod zusammenzubringen. Und außerdem kam es Jelena so vor, als sei Artemjew noch bei ihnen. Bei ihr. Er würde sie fühlen, und dann wäre er beruhigt. So war es nicht ganz so einsam und nicht ganz so kalt.

Jelena setzte sich ans Fußende des Sarges und berührte ihn kaum spürbar mit den Knien.

Man beerdigte Artemjew auf einer Anhöhe, unter einer breiten, weitverzweigten Kiefer.

Er hatte sich selbst diesen Platz ausgesucht, das war schon sehr lange her, als er noch ein junger und kräftiger Mann gewesen war. Und schon damals hatte er gesagt: ›Ich möchte einmal hier liegen.‹

Alle hatten damals gelacht. Es schien einem, daß diese Zeit nie kommen würde. Aber sie kam. Jetzt war sie da.

Unten zog sich ein Fluß dahin, jenseits des Flusses war eine Wiese, und noch weiter weg war ein Wald. Und über allem hing ein dunkelblauer Himmel mit Schäfchenwolken. ›Die gleichgültige Natur strahlte weiterhin mit ihrer ewigen Schönheit‹, wie es so schön heißt. Der Natur war es egal, wen sie da vom Antlitz der Erde wegspülte: diesen oder jenen, einen guten oder schlechten Menschen, einen, der geliebt worden war, oder einen, der niemanden hatte. Für die Natur war es das Wichtigste, den Platz für die Nachrückenden frei zu machen.

Männer aus dem Dorf ließen den Sarg hinab.

Er traf auf Sand, es gab hier keinerlei Feuchtigkeit. Einen guten Platz hatte sich Artemjew da ausgesucht.

Rosa fing an zu weinen. Ihr wurde bewußt, daß man auch sie hier einmal hineinlegen würde. Sie tat sich selbst leid. Sicher, ihr Mann wäre an ihrer Seite, aber trotzdem... Es war doch schade, sich von den Kindern zu trennen, von der großen bunten Welt. Und auch Artemjew tat ihr leid. Er war noch so lebendig und sündig gewesen, und doch auch ein ordentlicher Mensch bei all seinen Sünden. Er hatte einen soliden bäuerlichen Kern gehabt. Ohne städtische Verderbtheit.

Es flogen die Erdbrocken.

Die Raubkicherkatzen fingen laut zu klagen an. Man begrub ihre Jugend, ihre Leidenschaft, die Sternstunden ihres Lebens. Jede war sicher: Nur sie hatte Artemjews Liebe, seine Schreie und sein Flüstern, seinen heißen Lebensatem bekommen.

Sollte die Ehefrau nur alles weltliche Gut erhalten. Letztlich konnte man das ja doch nicht mitnehmen, und niemand kann es einem nachtragen...

Jelena wußte nicht, wer diese Frauen waren. Vielleicht Verwandte? Obwohl, für Frauen vom Land waren sie eigentlich zu gepflegt...

Und die Raubkicherkatzen verstanden nicht, wer diese merkwürdige junge Frau war, die da stand und nicht weinte. Sie hätte anstandshalber wenigstens eine einzige Träne vergießen können.

Jelena weinte wirklich nicht. Ihr Kopf verstand wohl, daß man ihren geliebten Artemjew begrub, aber ihr Herz glaubte es nicht. Es schien ihr, als wäre er nur zu einer weiten Dienstreise aufgebrochen, irgendwohin in den Norden zum Beispiel. Sie würden irgendwie Kontakt miteinander halten, sich gegenseitig Signale geben, sich im Traum erscheinen, in Gedanken miteinander reden. Und er würde auf all ihre Fragen antworten.

Und dann, wenn die Zeit gekommen wäre, würde sie zu ihm fahren, und sie würden sich treffen. Und nie wieder trennen. Aber auch jetzt waren sie nicht getrennt. Ihre Seelen waren wie früher auf ein und derselben Wellenlänge. Sie spürte, daß er neben ihr war und daß er sich leicht verloren fühlte. In Gedanken sagte sie zu ihm: ›Hab keine Angst, alles wird gut für dich werden.‹

Die materielle Welt konnte das nicht erklären. Aber der Glaube eröffnet einem ein anderes Wissen und andere Möglichkeiten.

Jelena weinte nicht. Sie lauschte einfach in sich hinein: Wie ging es ihm dort?

Die Sargträger und Trauergäste machten sich auf zum Haus von Artemjew. Es war seine Sommerresidenz – wie Ljudmilotschka sagte. Das Haus war den ganzen Winter über unbewohnt gewesen, und nun war es unangenehm, es zu betreten. Es lag ein Geruch von Feuchtigkeit und verfaulten Kartoffeln in der Luft.

»Also, dann«, bestimmte Ljudmilotschka. »Zieht die Schuhe aus, und schnappt euch Eimer. Und dann ran ans Wasser …«

Die Raubkicherkatzen widersetzen sich nicht. Sie zogen ihre schicken Schuhe aus, steckten die Füße in alte Überschuhe, die an der Tür standen, und bildeten ein Kette zum

Brunnen. Der Brunnen war nicht gerade nebenan, er war in der Mitte einer langen Straße, aber das störte sie nicht. Ganz im Gegenteil. Man wollte die seelische Schwere gern in körperliche Aktivität verwandeln.

Die Fernsehdiva warf ihre Pelze von sich und zog eine wattierte Weste über. Sofort sah sie hippiemäßig und lebensbejahend aus.

Die Raubkicherkatzen verwandelten sich in einfache handfeste Frauen. Sie schleppten Wasser herbei, putzten Böden und sogar Fenster. Eine von ihnen, eine Zirkusartistin, stellte eine Leiter an und nahm sogar die Decke in Angriff. Sie rieben die Wände ab. Es war, als ob das Haus aufatmete und heller wurde.

Die Raubkicherkatzen strengten sich aus Leibeskräften an. Ljudmilotschka kommandierte, sie übernahm die Regie.

Rosa deckte den Tisch. Sie hatte alles mitgebracht, wie es sich gehörte. Nun mußte man es nur noch auf Schüsseln und Tellern verteilen, damit es schön aussah. Man konnte ja schließlich nicht von einer Zeitung essen.

Die ›Beständige‹ ging Rosa still zur Hand. Sie wischte die Teller mit einem Küchenhandtuch ab, legte die Gabel links, das Messer rechts neben die Teller.

Der Tisch war gedeckt. Alle wuschen sich die verschwitzten Gesichter ab und setzten sich hin, so wie es gerade kam, ohne Tischordnung.

Dann kamen die Dorfbewohner. Sie brachten Flaschen mit Selbstgebranntem mit. Man rückte zusammen, der Platz reichte für alle. Es war eng, aber niemand sollte beleidigt weggehen. Die Schnapsgläser reichten nicht, da nahm man Wassergläser und kleine Zinnkrüge dazu, einfach alles, was sich im Hause fand.

Man erinnerte sich an Artemjew. Die Klassenkameraden erinnerten an ihn als Kind und jungen Burschen. Rosa hörte dies alles nicht zum ersten Mal: wie Artemjew als Junge durchs Eis gebrochen und fast ertrunken war, wie er gerettet worden war. Und wie er später andere gerettet hatte, als er groß und stark war. Er hatte sich um das Dorf gekümmert, hatte Bretter und Nägel dank seiner persönlichen Beziehungen organisiert. Damals gab es doch nichts zu kaufen. Und leben mußte man ja trotzdem.

Jetzt war eine andere Zeit. Eine verantwortungslose. Für Geld konnte man sich alles erlauben. Aber woher es bloß nehmen, das liebe Geld?

Der frühere Vorsitzende der Kolchose, und heute einfach ›Farmer‹ genannt, züchtete nun Strauße. Straußeneier, das war doch gleich was anderes als Hühnereier.

»Aber Strauße laufen doch weg«, bemerkte die Zirkusartistin.

»Die laufen weg, wenn das Leben sie dazu zwingt. Aber hier bekommen sie ihr Futter im Gehege. Warum sollen sie da weglaufen?«

Die Nachbarin Artemjews, Soja, erzählte, daß in der Nachbarkolchose ein amerikanisches Paar zugezogen war. Sie bauten eine Farm auf. Sie selbst waren jung und schön, und ihre Kühe waren sauber gewaschen und gut genährt. Im Kuhstall war es sauber. Sie melkten per Computer. Das ganze Dorf arbeitete mit den Amerikanern zusammen. Niemand trank und fluchte, man sprach kultiviert miteinander.

»Und wieso flucht niemand?« fragte Ljudmilotschka. »Die Amerikaner verstehen es ja nicht, und den Kühen ist es sowieso egal.«

»Man will keine Grobheiten«, erklärte Soja. »Man will es kultiviert haben. Wir könnten in unserem Dorf auch so ein paar Amerikaner vertragen.«

»Und Russen schaffen das nicht?« fragte die Zirkusakrobatin.

»Nein, die schaffen das nicht«, sagte der Farmer. »Wir haben einfach keine Arbeitskultur.«

»Das werden wir schon noch lernen«, sagte Rosa verträumt.

»Vielleicht lernen wir das mal. Wie lange hat die Sowjetmacht gehalten? Siebzig Jahre. Na, dann rechne mal, rechne einfach siebzig Jahre weiter.«

»Alexej hat gerne gesungen«, erinnerte Jelena. »Kommt, laßt uns sein Lieblingslied singen!«

»Er sang falsch, aber dafür laut«, erinnerte sich lächelnd Gena, Sojas Ehemann.

Gena nahm sein Akkordeon auf den Schoß und griff in die Tasten. Er fing an zu singen. Seine Stimme war heiser, aber er sang gut. Ljudmilotschka betrachtete Gena mit Erstaunen. Er sang nicht schlechter als irgendein Schlagersänger, wenn nicht sogar besser.

»Über dem Fluß, hinter dem Wald…«, hub Gena an. *»Geht die Sonne sachte unter…«*

»Und darum, meine Freundinnen, mag ich einfach nicht zu Hause bleiben«, fielen die Dorfbewohner ein. Sie hatten sich in zwei Stimmen aufgeteilt, ein Chor formierte sich.

»Süße Mattigkeit, die Faulbeere blüht…«

Die Raubkicherkatzen hielten es nicht aus, sie fielen mit ein.

»Wie soll man mit achtzehn zu Hause sitzen…«

Und wie sie sangen… Wie sehr die Seele hinaus in die Freiheit drängte.

Jelena sah auf die singende Tischrunde. Alle hatten sich vereint und waren in eins zusammengeflossen. Es gab keine Dörfler und Städter, keine Reichen und Armen, keine Sieger und Unterworfenen, keine gesetzlichen Ehefrauen und keine Gelegenheitsaffären.

Alle hatten sich zu einer großen Seele vereint, wie in einem Gebet.

Artemjew lag unter der Kiefer. Die Erde hatte sich noch nicht gesetzt und gab Geräusche von sich. Er hörte Stimmen, die in einem Lied verflochten waren. Es waren die Stimmen derer, die er im Laufe seines Lebens geliebt hatte.

Sie klangen so wunderschön und alles verzeihend. Vielleicht sangen hier Engel. Vielleicht fiel aber auch nur der Regen.

Viktorija Tokarjewa im Diogenes Verlag

Zickzack der Liebe

Erzählungen. Aus dem Russischen
von Monika Tantzscher

Die Menschen der Viktorija Tokarjewa rebellieren gegen ein Leben, das mit der Regelmäßigkeit eines Uhrwerks abläuft und keinen Raum für spontanes Glück läßt. Sie träumen vom Überschwang des Herzens und von leidenschaftlicher Liebe – zu deren Unbedingtheit sie sich dann doch nicht entscheiden können. Das Leben zu zweit erscheint wie ein spannender Kampf ›zwischen Wahrheit und Lüge‹. Ironisch und mit Herzblut erzählt eine selbstbewußte Autorin von den Partnerschaftsnöten russischer Frauen.

»Die große Kunst der Viktorija Tokarjewa besteht im äußerst sparsamen Gebrauch der erzählerischen Mittel. Überflüssige Details zu vermeiden und auf kürzestem Weg ins Herz der Dinge und der Menschen vorzudringen ist die Maxime der Autorin. Ihre Erzählungen sind von geradezu elementarer Wucht. Sie ist eine Meisterin.« *Frankfurter Allgemeine Zeitung*

Mara

Erzählung. Deutsch von
Angelika Schneider

Die ehrgeizige Mara hat nur zwei Ziele: Macht und Geld. Da sie beides mangels Ausbildung auf direktem Wege nicht erreichen kann, geht sie den Umweg über Männer. In *Mara* entwirft die Autorin das psychologisch feinfühlig gezeichnete tragikomische Bild einer modernen russischen ›femme fatale‹.

»Ihre Erzählungen führen sehr direkt an das Wesen der Menschen heran. Was sie sagt, sagt sie in äußerst gedrängter Form. Eine ›Vaterschaft‹ Čechovs scheint

vor allem im Umgang mit der Sprache, in der Beobachtungsgabe und im manchmal fast melancholischen Humor durchzuschlagen. Und obwohl Viktorija Tokarjewa in der Sowjetära lebt, sind ihre Figuren zeitlos, sieht man von den wenigen Tönen des Zeitkolorits ab. Wieviel klingt da mit.«
Regula Heusser / Neue Zürcher Zeitung

Happy-End

Erzählung. Deutsch von
Angelika Schneider

Aus purem Trotz heiratet Elja viel zu früh den sie naiv vergötternden Tolik und zieht mit ihm zu seinen Eltern in ein russisches Provinznest. Als sie an der Langeweile des Kleinstadtlebens zu ersticken droht, verliebt sich Elja in den Schauspieler Igor, der so wunderschön Lermontow rezitiert. Sie zieht mit ihm nach Moskau. Aber Igor ist Alkoholiker und hat seit Jahren keine guten Rollen mehr gespielt …

»Vor allem aber liegt der Zauber von Viktorija Tokarjewas Schreibweise in einem Čechovschen Humor, der das schwere Leben leichter macht, dazu in gelegentlichen Ausflügen ins Träumerisch-Phantastisch-Absurde, im Witz der Formulierung, der den Geist vom Druck der Verhältnisse befreit.«
Deutsche Welle, Köln

Lebenskünstler

und andere Erzählungen
Deutsch von Ingrid Gloede

»Viktorija Tokarjewas Geschichten sind seit je von großer Anmut, allesamt Kunst-Stückchen, die einem die Vorstellung von Leichthändigkeit suggerieren. Nicht jedoch von Leichtgewichtigkeit. Die Genrebilder aus dem sowjetischen Alltagsleben, die die Autorin in ihrem Kaleidoskop aufleuchten läßt, sind nichts

weniger als heiter, sie sind stellenweise sogar niederdrückend und bestürzend. Wenn sie uns dennoch ein Schmunzeln entlocken, dann liegt das daran, daß die Tokarjewa über einen ausgeprägten Humor verfügt und diese Gabe durchweg einsetzt. Es ist kein Humor der satirischen Art, eher eine sanfte Ironie, gewürzt mit einer Prise Traurigkeit und einem vollen Maß an mitmenschlichem Erbarmen.«
Sabine Brandt / Frankfurter Allgemeine Zeitung

»Sie erzählt von Menschen – erstaunlich emanzipierten Frauen –, die einem Ideal nachjagen, dauernd im Aufbruch begriffen sind und doch an den realen Bedingungen klebenbleiben wie an Leimruten.«
Die Weltwoche, Zürich

Sag ich's oder sag ich's nicht?

und andere Erzählungen
Deutsch von Angelika Schneider, Monika Tantzscher und Elsbeth Wolffheim

Sag ich's oder sag ich's nicht? lautet die bange Frage, die sich durch das Leben einer jungen Frau zieht wie ein roter Faden. Als reife Frau hält sie Rückschau auf alle Gelegenheiten, die sie durch ihr langes Abwägen verpaßt hat. Als sich eine letzte Gelegenheit bietet, wagt sie schließlich den Sprung ins Ungewisse.

Je suis, tu es, il est ist die Geschichte einer alleinerziehenden Mutter, deren ganzer Lebensinhalt ihr Sohn ist. Eines Tages bringt der Sohn ein junges Mädchen mit nach Hause. Die Mutter findet die junge Frau unsympathisch und wartet, daß ›der Besuch‹ wieder geht. Da teilt der Sohn ihr mit, daß das Mädchen seit ein paar Tagen seine Ehefrau ist.

Pascha und Pawluscha heißen zwei Freunde, die unterschiedlicher nicht sein könnten: Pascha, der Introvertierte, ist Lehrer in einer Sonderschule und geht in der Sorge um ›seine‹ behinderten Kinder auf.

Pawluscha, der Sunnyboy, interessiert sich vor allem für Autos und wie man sie gewinnbringend weiterverkaufen kann. Trotzdem verbindet die beiden eine lange Freundschaft – bis Pawluscha eines Sommers auf der Krim dem Freund die Freundin ausspannt …

Der Pianist

Erzählungen
Deutsch von Angelika Schneider

Dem Star-Pianisten Igor, für den bisher nur Karriere und Familie zählten, begegnet eine Vamp-Frau, die sein Leben schlagartig verändert; die jüngst verwitwete Maskenbildnerin Lena verliebt sich in einen Fotografen, der behauptet, nur sie könne ihn retten; der junge arbeitslose Schauspieler Nick läßt sich von einem alten Millionär für bestimmte Dienste anheuern; spannend bis zum Schluß bleiben sie allemal, diese drei leidenschaftlichen Geschichten über Liebe, Tod, Macht und Geld.

»Ohne Aufhebens und mit großer erzählerischer Kraft sagt Viktorija Tokarjewa die Wahrheit über Menschen, nichts als die schmerzliche Wahrheit.«
Matthias Rüb/Frankfurter Allgemeine Zeitung

Lampenfieber

Erzählungen
Deutsch von Angelika Schneider

Sie wollen im Rampenlicht stehen, sind süchtig nach dem Lampenfieber vor den großen Auftritten. Sie würden alles tun, um endlich groß rauszukommen, und vergessen dabei, daß es für gute Schauspieler keine schlechten Rollen gibt, außer vielleicht das eigene Leben.
Fünf hinreißende Künstlergeschichten von Sternchen, Eintagsfliegen, Möchtegernkünstlern und wahren Artisten – und von der Liebe.

»Tokarjewas Geschichten riechen nach Wodka, schmecken nach Sehnsucht und handeln von Liebe. Sie sind erfüllt von zarter Ironie, feinem Humor und von einer wunderbaren Art der Schwermut.«
René Freund/Wiener Zeitung

Eine Liebe fürs ganze Leben

Erzählung. Deutsch von
Angelika Schneider

Wieviel wirklich große Lieben kann man in seinem Leben haben? Eine, findet Irina – wenn man Glück hat. Als sie nach einer gescheiterten Ehe schon nichts mehr vom Leben erwartet, lernt sie Kjamal kennen. Kjamal ist Aserbaidschaner, jung, schön, und er riecht nach Erdbeeren. Er liebt Irina, aber heiraten kann er sie nicht.

»Zu Irinas Lebensglück fehlt immer ein Steinchen im Mosaik: Erst heiratet sie, ohne zu lieben, dann liebt sie, ohne zu heiraten. Kjamal entscheidet sich für eine andere. Irina verliert dazu noch ihre Heimat, ihre Kinder und ein Dach über dem Kopf. Doch ihr Glaube an Gerechtigkeit bleibt und läßt sie weitermachen. – All das erzählt Tokarjewa rasant, komisch und sehr weise. Herausragend!« *Woman, Hamburg*

»Diese Erzählung muß lesen, wer über die Liebe, über Rußland und seine Menschen etwas erfahren will. Denn Viktorija Tokarjewa präsentiert mit *Eine Liebe fürs ganze Leben* die Biographie einer Frau. Und schildert damit wie nebenbei den Zerfall der alten Sowjetunion.« *Sabine Dultz/Münchner Merkur*

Glücksvogel

Roman. Deutsch von Angelika Schneider

Mit sechzehn will sie einen Millionär aus dem Westen heiraten; mit achtzehn angelt sie sich den nächstbesten Touristen und reist mit ihm nach Deutschland. Doch

das Leben im goldenen Westen ist ganz anders als in den Hochglanzzeitschriften, die Nadka in Moskau gelesen hat. Ehemann Nummer eins wirft Nadka im Streit raus, Ehemann Nummer zwei entpuppt sich als hoffnungsloser Säufer. Vergeblich versucht Nadka – nun schon mit einem Baby im Arm – Arbeit zu finden. So wird sie die Geliebte eines reichen Franzosen und geht mit ihm nach Paris. Er hält sie fürstlich aus, aber vor seinen Freunden versteckt er sie …
Als die politische Wende kommt, kehrt Nadka nach Moskau zurück und steigt ins Immobiliengeschäft ein. Kein Kampf, aus dem sie nicht am Ende als Siegerin hervorgeht. Aber auch Nadka hat eine Schwachstelle: Sie verliebt sich in einen verheirateten Mann, und ein verzweifeltes Tauziehen beginnt. Es ist der erste Kampf, den Nadka zu verlieren droht.

»Die Autorin weiß zu beobachten, und sie versteht ihre Beobachtungen ohne ermüdende Weitschweifigkeiten darzubieten.«
Sabine Brandt / Frankfurter Allgemeine Zeitung